Anne Duvivier

CENDRES

roman

M.E.O.

ISBN : 978-2-8070-0299-9
E-Books
PDF : 978-2-8070-0300-2
EPUB : 978-2-8070-0301-9
DL : D/2021/7385/12

http://www.meo-edition.eu
meo.edition@gmail.com

Couverture : © Michel Delvaulx
Photo de l'auteur : © Louis Delvaulx
Logo des éditions M.E.O. : © Monique Thomassettie, *"Rose des vents"*

À Milö, Maëlou et Inaya

1

– Tu es assise ?

Violette actionne le haut-parleur de son portable. La voix stridente de Lila lui vrille les tympans. Elle répond à sa sœur que non, elle est dans sa salle de bains, occupée à se coiffer, car…

– Oncle Robert a demandé à être incinéré ! la coupe Lila.

Son peigne lui glisse des mains, atterrit dans le lavabo. Devant ses yeux, l'image d'un brasier. Immense. Incontrôlable.

– Oncle Robert a demandé à être incinéré, répète-t-elle d'une voix blanche.

– Tante So est en état de choc. Elle qui pensait mettre son mari dans le caveau familial… !

Violette voudrait crier à sa sœur de se taire. Les mots se dérobent et Lila poursuit sur sa lancée.

– Tante So a fait une scène en présence des pompes funèbres. Tu connais Hélène, elle a mis le holà. Son père sera incinéré. Point barre. Violette, tu ne dis rien ? Violette ?

Violette a filé vers son père et son oncle sur la plage. Les deux frères sont assis dans le sable et se tiennent par les épaules. Complices. Virils. Elle a trois ans et porte une robe bain de soleil à smocks. On est en juillet ou peut-être en août. Elle est blottie sur les genoux de son père, il lui chuchote qu'elle est sa fille chérie, qu'il l'aime, qu'il sera toujours là pour elle. Son souffle chaud lui fait des chatouilles dans l'oreille, elle rit. À l'avant-plan de la photo – ce souvenir, elle se l'est fabriqué à partir d'un minuscule cliché en noir et blanc aux bords dentelés –, il y a un seau, une pelle et des formes, dont une tortue. La suite de ce moment lumineux, immortalisé sans doute par sa mère, elle l'invente aussi. C'est son home cinéma. Elle jette ses deux petits bras potelés autour du cou de son papa et, posant un baiser mouillé sur sa joue, le convainc de l'aider à construire un château de sable qu'ils regarderont résister avant qu'il ne s'effondre par pans entiers sous la marée montante.

– Violette, tu es toujours là ?

Elle rattrape son peigne, le passe dans sa chevelure rebelle. Sa voix revient.

– Vis-à-vis de Papa, tu ne trouves pas que cette dernière volonté a un goût douteux ?

Leur oncle n'a pas tenu compte d'elles, ses nièces. Les croyait-il insensibles ? Insensibilisées ? Elle s'efforce de respirer calmement comme elle l'a appris au cours de yoga pour chasser l'image du brasier qui a resurgi. Dans son cou et ses épaules, une tension extrême.

– J'y vois surtout une forme d'infidélité envers sa femme, réagit Lila. Tante So, la pauvre, reposera désormais seule dans le caveau le jour où…

– Cette vieille bique n'a que ce qu'elle mérite. À se demander comment son mari a pu la supporter si longtemps.

– Tu es injuste, Vio. N'oublie pas ce qu'elle a fait pour nous après la mort de Papa. Nous n'avions que trois et six ans et Maman était paumée.

– Parce que tu continues de croire que pendant toutes ces années Tante So s'est occupée de nous par amour ? Non ! Elle espérait juste gagner son paradis. C'était la volonté d'Oncle Robert de nous héberger les week-ends et les vacances, pas la sienne. Une loyauté vis-à-vis de son frère décédé. Souviens-toi,

Lila. À peine avions-nous mis un pied dans sa maison que Tante So, un sourire compassé sur sa gueule de grenouille de bénitier, nous balançait son fiel. *Votre mère aurait au moins pu penser à mettre dans votre valise du linge de corps en suffisance. Mais j'oublie, Daisy a un petit pois à la place du cerveau.*

– Quoi qu'il en ait été, Vio, la situation pour Hélène est loin d'être simple. Entre les volontés de son père et les exigences de sa mère, notre chère cousine est prise entre deux feux.

– Humour à deux balles, Lila !

– *Sorry*. Ça m'a échappé. Mais je ne t'ai pas tout dit. Il y a un scoop. Et ça nous concerne toutes les deux. Oncle Robert a précisé qu'il voulait que ses cendres soient dispersées dans la mer au large d'un bled appelé Sant'Angelo, sur l'île d'Ischia, et que toi et moi soyons présentes.

– Ischia ?

– Au large de Naples.

– L'occasion de prendre des vacances !

– Ne sois pas cynique. La question est pourquoi Ischia. Hélène n'en a pas la moindre idée. Sa mère, encore moins. Et de toute façon, Tante So n'accompagnera pas. Plus assez vaillante.

Les pensées de Violette dérivent vers leur tante, Solange Lepage. *Une provinciale,* la qualifiait sa mère. Aujourd'hui, une vieille femme de quatre-vingts ans. Visage fripé. Bouche amère.

– D'autres nouvelles à m'annoncer ? Je suis pressée.

Violette attache ses cheveux. Rapide coup d'œil dans le miroir, la queue de cheval, ça lui va, indéniable. Elle ne fait pas ses cinquante-quatre ans.

– Une demande, plutôt. Occupe-toi de nous acheter des billets d'avion et trouve-nous un hôtel. Hélène est sur tous les fronts, sa mère, le notaire, son job. Et moi, je ne me suis toujours pas mise à Internet.

2

Le trafic sur le Ring est dense. Au volant de son SUV, Patrick, engoncé dans sa veste tyrolienne à boutons de corne, conduit pied au plancher. À sa droite, Hélène, son épouse, rivée à son portable. Chargée de clientèle pour une banque d'investissement, sa cousine n'arrête donc jamais, constate Violette assise sur la banquette arrière aux côtés de Lila. Patrick sort de son silence.

– Alors les filles, prêtes à vous envoyer en l'air ?

Un rire gras ponctue son trait d'esprit.

Hélène ne relève pas. A-t-elle seulement entendu ? Ou est-elle devenue indifférente aux indélicatesses de son mari ?

– Pauvre con, marmonne Violette en le fusillant du regard dans le rétroviseur.

Ce goujat, elle ne l'encadre pas. Tout à l'heure déjà, elle l'a remis à sa place. Quand l'aidant à soulever sa valise pour la mettre dans son coffre, il en a profité pour lui frôler les seins.

Sven, son amant depuis bientôt cinq ans, n'a rien d'un *male chauvinist pig*, lui. La tête en appui contre la fenêtre, tandis que jonctions et bretelles d'autoroutes défilent, elle s'interroge. Pour l'heure, où en Syrie se trouve-t-il ? De quelles atrocités s'apprête-t-il à témoigner, son Leica autour du cou ? A-t-il seulement lu le mail qu'elle lui a écrit ce matin ? Trois jours qu'elle n'a plus de ses nouvelles. Reporter de guerre, foutu métier ! Elle se carre dans son siège tandis que sa main part à la recherche de celle de Lila. Un clin d'œil en réponse signe leur complicité.

– Mes cocottes, je vous largue ici, tonitrue Patrick, en pénétrant dans le parking de l'aéroport.

– Merci pour le lift dans ton *Panzer*, lui balance Violette en se gardant de l'embrasser.

Les trois femmes, valises à la traîne, filent en direction du hall des départs. Leur vol pour Naples décolle dans une heure. Lila a du mal à suivre avec ses nouvelles ballerines roses, assorties à sa jupe, laquelle est si étroite qu'elle l'oblige à des pas de geisha.

– Dépêche-toi ! On va rater l'avion, houspille Hélène que ses escarpins à talon, véritables échasses, n'empêchent pas d'avancer.

– Pas besoin de passer par le check-in, intervient Violette en brandissant leurs billets pré-imprimés.

Elle les a sortis de la banane sur son ventre, un accessoire *ringard* selon Lila, et pointe du doigt le fléchage vers le Terminal B. Elle se félicite d'avoir insisté pour que chacune n'emporte qu'une petite valise. Apprenant qu'elles voyageraient avec Ryanair, Lila en avait presque fait une attaque. *Cette compagnie traite ses passagers comme du bétail ! Pas le genre d'Hélène.* La discussion s'était arrêtée là. Les billets étaient payés. Mais surtout, argument de taille, l'autre alternative aurait été un vol SN, autrement plus confortable certes, mais avec escale à Rome. Les atterrissages étant sa phobie, Lila n'avait plus moufeté.

Celle-ci a stoppé net au milieu du hall. Elle invective sa sœur.

– Pas ce qu'on a prévu ! Nos valises DOIVENT voyager en soute.

– Plus le temps !

Violette la tire par la manche. Rien n'y fait, Lila reste plantée là, une vache qui pressent l'abattoir.

– J'ai compris, lui concède Violette. Mais tant pis. On prend le risque.

Cette dernière phrase, elle l'a chuchotée, même si Hélène, loin devant, ne peut l'entendre.

– Hors de question, Vio ! On va droit vers les emmerdes. Je te l'avais dit, tu aurais dû faire les choses dans les règles, demander les autorisations. Au lieu de ça…

– Si le type du contrôle te demande ce que tu trimballes dans ton sac plastique, tu n'as qu'à lui répondre que c'est… de la poudre d'argile pour un masque de beauté, il te croira, tu as le genre. Allez, go !

Comme Lila tente un mouvement pour se dégager, Violette l'agrippe de plus belle.

– Arrête de jouer l'enfant gâtée. Tu ne vas pas te dégonfler à la première difficulté. Et n'oublie pas, tu la boucles devant Hélène qui croit que j'ai effectué les démarches officielles. Je te rappelle qu'elle nous a fait confiance.

– Elle t'a fait confiance. Nuance.

– Inutile d'ergoter. L'heure tourne. Avançons. On n'a pas le droit de laisser tomber Hélène. Pas maintenant. Elle est un peu notre sœur, non ?

Que ne ferait Lila pour Hélène ? constate Violette avec un pincement au cœur. Si ces deux-là sont restées proches, elle-même a pris ses distances. Trop différentes. Elle avance à grandes enjambées, précédée par Lila. Elle a beau s'afficher maîtresse de la situation, elle stresse. Il ne faudrait pas que sa sœur se fasse pincer. Lila est capable de rougir ou bredouiller au moindre regard de travers. Les formalités pour le transport officiel des cendres que Lila lui avait flanquées sur le dos, ça l'avait emmerdée. Hélène, à qui celles-ci auraient dû incomber – après tout, il s'agissait de son père –, s'était déclarée *au bord du burn-out*. Des réunions jusqu'à pas d'heure, une pression de la part de son CEO, un type au nom imprononçable, pour qu'elle reprenne la main sur un dossier sensible alors qu'elle n'avait pas encore séché ses larmes. Lila, qui aurait pu prendre la relève, s'était débinée sous prétexte qu'elle devait s'occuper de sa fille enceinte. *Vio, je t'adore, mais il ne faudrait pas que Julie fasse une deuxième fausse-couche, j'ai hâte de devenir grand-mère. Toi, tu as le temps.* Du fait d'être chômeuse, aux yeux de Lila, elle glande. Courir à l'ambassade d'Italie, chercher un formulaire, le faire remplir par la compagnie aérienne, revenir à l'ambassade parce que le type derrière le guichet s'était trompé de document… fallait pas compter sur elle. Ou plutôt si. Elle goupillerait les choses, à sa façon. Elle n'était pas prête à faire une croix sur un séjour en Italie, surtout aux frais de la princesse. Ni une ni deux, elle s'était rendue chez Aldi, avait acheté des sacs de congélation avec fermeture à glissière. Simple, efficace, rapide. Hop, elle avait versé le contenu de l'urne moitié-moitié dans deux sacs. Pincé le plastique pour vider l'air. Refermé. L'opération n'avait pas duré cinq minutes. Impressionnant quand même, ce qui reste d'un être humain. L'équivalent d'un paquet d'épinards surgelés. Elle avait baptisé « jambes » le sac que Lila transporterait dans sa valise et « tronc » celui dont elle-même se chargerait. Une répartition aléatoire qui n'avait pas manqué de déclencher chez sa sœur un fou rire nerveux lorsque hier elle lui avait apporté *son sac*.

Elle a rejoint Lila dans la file pour le contrôle des bagages. Leur cousine se trouve déjà de l'autre côté. Vêtue d'une robe rouge, Hélène ne passe pas inaperçue. Sa silhouette longiligne se découpe en contre-jour dans l'immense vitre qui surplombe le tarmac sur lequel stationnent des rangées d'avions.

– De l'argile pour un masque de beauté, rappelle Violette à l'oreille de Lila avant que celle-ci ne pose sa Vuitton sur le tapis roulant.

Pauvre Lila, à voir le dos de son chemisier trempé, elle n'en mène pas large. Le portique, à son passage, se met à sonner, l'obligeant à se débarrasser de sa quincaillerie. Bracelets et colliers atterrissent dans un bac, direction le scan. Le ventre de Violette se noue. Le préposé vient de faire signe à Lila de le suivre. Mon Dieu ! Il lui ordonne d'ouvrir sa valise. Violette court-circuite le couple d'Asiatiques devant elle, jette en vrac dans un bac son portable, sa tablette, sa Swatch, ses clés, lance sur le tapis sa Samsonite bardée d'autocollants dont elle extrait un plastique contenant son déo et son dentifrice. En moins de deux, elle rejoint Lila. Celle-ci, sous le regard impitoyable de l'employé aux mains gantées de latex bleu, est occupée à jeter dans ce qui ressemble à une poubelle une panoplie de flacons.

– Mes produits anti-âge, gémit-elle.

– Pas grave, la rassure Violette. D'ailleurs, tu n'en as pas besoin. N'est-ce pas, Monsieur ?

Clin d'œil à l'employé qui, aussitôt, relâche la pression.

– Bon voyage, Mesdames.

Les deux sœurs s'étreignent. Hélène les a rejointes.

– Qu'est-ce qui vous arrive ?

La réponse de Lila fuse.

– On s'aime.

3

À l'aéroport de Naples, un chauffeur, pancarte en main, les attend.

– Envoyé par l'hôtel, claironne Violette.

Jusqu'ici c'est sans faille. Leur avion est parti à temps. Arrivée tout aussi ponctuelle, applaudissements des passagers. Et maintenant ce Gino en chemise à carreaux qui va les conduire jusqu'au port où elles prendront le ferry, direction Ischia.

Violette a longuement surfé sur Internet avant de se décider pour la Casa Marinella. L'hébergement affichait une bonne cote sur Tripadvisor, les commentaires étaient élogieux, les photos attrayantes et, surtout, il se situait à Sant'Angelo. La raison pour laquelle son oncle avait souhaité que ses cendres soient dispersées au large de ce village restait un mystère. Personne dans la famille, y compris sa femme, n'avait jamais entendu parler de Sant'Angelo. Elle-même ignorait qu'au large de Naples se trouvait une île du nom d'Ischia. Lila, elle, avait entendu parler de Capri, l'île voisine, grâce à Jackie Kennedy qui y avait séjourné – le côté people de sa sœur – mais d'Ischia, jamais. Elle avait avancé une hypothèse : Oncle Robert avait eu une maîtresse italienne, originaire de Sant'Angelo, une femme qu'il avait follement aimée et qui était décédée. Avec cette dernière volonté biscornue, il rejoignait sa bien-aimée. En catimini. À l'image de leur amour secret. Cette version romantique n'avait pas plu à leur cousine : *Comment oses-tu ?*

Hélène est susceptible. La ménager ne sera pas simple. En cas de dérapage, Lila fera tampon, espère-t-elle. Elle glisse un bras sous celui de sa cousine, l'entraîne à la suite de Gino et Lila. Chaleur de l'air, ciel, palmiers, chemises à manches courtes des chauffeurs de taxi agglutinés sur le trottoir… elle se sent déjà en vacances. Elle sort ses lunettes de soleil, les pose sur son nez, consciente qu'aux yeux de qui les observe sa cousine et elle forment une paire improbable. Hélène, toujours très classe, robe parfaitement ajustée à sa silhouette de femme mûre – pas elle qui s'habillera chez H & M –, talons, brushing sans une mèche de travers, et elle, à peine moins mûre – elles n'ont que deux ans d'écart –, en sarouel bariolé dégoté chez Oxfam, tatouage sur l'épaule et chevelure ensauvagée. À les regarder de plus près toutefois, on leur trouverait une ressemblance. Dans l'ovale du visage, le même nez droit, les yeux verts. Après tout, leurs pères étaient frères.

Comment vont-elles s'accommoder l'une de l'autre durant ce séjour ? se demande Violette en prenant place dans le van sur le siège passager. Les banquettes à l'arrière sont toutes occupées par des touristes allemands. Gino conduit vite, son véhicule n'est pas équipé de ceintures et elle occupe la place du mort. Lila et Hélène, en conversation à l'arrière – de quoi peuvent-elles donc causer ? –, ne semblent pas inquiètes. Coup d'œil à son portable. Toujours pas de nouvelles de Sven. Ni mails. Ni WhatsApp. Espérant faire ralentir le chauffeur, elle pointe la photo des deux fillettes sur le tableau de bord. Le regard protecteur de la plus âgée vis-à-vis de la plus jeune lui rappelle Lila. Son statut d'aînée, Lila en avait profité, elle s'arrogeait tous les droits. Dieu qu'elle avait détesté être *la petite*.

– *Le vostre figlie ?* s'enquiert-elle.

Il s'agit bien de ses filles. Trois et six ans. L'âge qu'elle et Lila avaient à la mort de leur père. La manœuvre pour le faire ralentir a toutefois échoué. Gino conduit toujours de façon aussi erratique, dépassant, freinant, accélérant, et pour ne rien arranger, téléphonant, l'autre main, lâchant le volant par intermittence pour souligner ses paroles.

Abandonnant son destin aux mains de leur chauffeur, Violette ferme les yeux et plonge dans le passé. 1967. L'année de l'incendie. Comme chaque fois qu'elle repense à cette période de sa vie, sa poitrine se noue. Trois années durant, on lui a menti. *Ton papa est en voyage. Il va revenir.* Elle, pauvre gosse innocente, faisait confiance aux grandes personnes. Elle croyait en ce qu'elles lui racontaient, cette promesse de retour. Dans l'attente de ce moment, elle dessinait pour son papa des maisons, des bonshommes, des arbres… Ses dessins, on les gardait dans un tiroir pour *le jour où.* Et puis un midi, la vérité lui est tombée dessus. Elle a six ans. Elle est en visite chez son oncle et sa tante. Ils dînent à trois dans la salle à manger. Lila n'est pas là. Sa mère non plus. À cette absence-là, elle s'est habituée. Sa mère s'en va de plus en plus souvent, laissant les deux enfants chez son beau-frère et sa belle-sœur. Quelque chose se trame, elle le pressent, sa tante s'est levée de table sans terminer son dessert. *Je vous laisse en tête à tête.* Pourquoi elle, si froide d'ordinaire, l'embrasse-t-elle avant de quitter la pièce ? Son oncle repousse son assiette, se racle la gorge, *Ton Papa est mort.* Le tic-tac de l'horloge s'arrête, tout se fige, son sang, les oiseaux, les voitures dehors, elle a froid, affreusement froid, sous ses pieds il n'y a plus rien, sinon un trou, un trou sans fond qui va l'engloutir. De sa réaction ensuite, elle ne sait que ce que son oncle lui en a rapporté. Elle se serait levée, l'aurait roué de coups, lui criant qu'il était un menteur, puis serait partie se cacher dans le rhododendron au fond du jardin. On ne l'aurait retrouvée qu'à la nuit tombante. Enroulée sur elle-même. Un fœtus.

Lila, elle, avait toujours su la vérité. On ne lui avait pas raconté de salades. Leur père était mort dans l'incendie de L'Innovation, le 22 mai 1967. Le grand-magasin avait pris feu à l'heure du midi. Une heure plus tard, la verrière s'était écroulée, il y avait eu 251 morts. De leur père, on n'avait retrouvé que la Triumph garée dans une rue voisine.

Une secousse dans le bras.

– Sophia Loren, s'écrie Gino.

Il se retourne, crie une nouvelle fois le nom à l'attention de ses autres passagers.

Sophia Loren is born here, in Pozzuoli, explique un des Allemands, pointant du doigt une bâtisse aux volets grenats. Violette se dévisse la tête, comprend que l'actrice a vécu son enfance dans cette bourgade baignée de soleil. Au milieu de cet enchevêtrement de murs aux couleurs ocres surplombés de terrasses. Elle se souvient d'*Une Journée particulière*. Ce film l'avait marquée. L'actrice y interprétait une femme au foyer méprisée par sa famille. Si à cette époque il était clair dans son esprit qu'elle ne voulait pas devenir une femme dépendante de son mari, elle n'avait pas non plus l'ambition d'Hélène. L'université, il n'en était pas question. Nulle envie de perdre sa jeunesse à étudier. Tout au plus, une école d'infirmière. Une erreur d'aiguillage.

Arrivé au port, Gino les débarque sur la jetée et part acheter les billets pour le ferry.

– *Do you want a cigarette* ?

La proposition vient du même Allemand, un habitué de la région, un amoureux d'Ischia, dit-il. L'homme lui explique que le temple en ruine devant lequel ils se sont arrêtés est celui de Sérapis. L'a-t-elle aperçu ? Tirant une première bouffée sur la cigarette qu'elle a acceptée, elle se jure de ne plus se laisser happer par le passé. Elle est en Italie, nom d'un chien !

Je croyais que tu avais arrêté de fumer, lui lance Lila.

4

À bord du ferry, Lila ne prétend pas laisser sa valise au niveau des parkings, avec celles des autres voyageurs.

– Ce n'est pas surveillé !

– Tu crains qu'on nous pique les cendres ?

Violette rit, se tourne vers l'Allemand.

– *My sister is paranoid.*

D'un œil amusé, elle regarde Lila empoigner leurs deux valises et les traîner jusqu'à l'escalator.

Penchée au-dessus du bastingage, à l'écart de ses compagnes, Violette regarde Naples s'éloigner. Les cris des mouettes dans le sillage du ferry couvrent le grondement des moteurs. Elle a remonté les élastiques de son sarouel jusqu'aux genoux, lâché ses cheveux. Premier bain de soleil. L'Allemand ne tarde pas à la rejoindre.

– *Another one* ?

Elle sort une cigarette du paquet tendu. Il lui demande ce qu'elle compte faire à Ischia, elle lui répond la vérité. Il rit. Il n'arrive pas à croire qu'elle transporte des cendres humaines. Elle insiste, lui désignant les valises à côté du banc sur lequel est installée sa sœur.

– *It's not a joke.*

– *You're crazy* !

Ça l'amuse, dirait-on, car il rit de plus belle, un rire franc qui fait se plisser ses yeux, deux fentes horizontales. Quand enfin il se calme, il lui avoue sa curiosité à propos de ce parent dont elle trimballe les restes. Elle embraie avec ce qui lui passe par la tête : son oncle était trapéziste, adorait le Biancolella et était décédé en faisant l'amour. À voir sa moue, il ne la croit toujours pas. D'une chiquenaude, elle propulse son mégot à la mer. Comme elle fait mine de s'éloigner, il la retient par le bras, lui demande son adresse sur l'île, il n'a jamais assisté à une dispersion de cendres. Est-ce lui cette fois qui se paye sa tête ?

Elle rejoint ses compagnes de voyage à l'autre extrémité du pont.

– Madame joue sa cougar ! ironise Lila en désignant l'Allemand resté au bastingage.

Violette n'est pas dupe. La remarque acerbe vise aussi Sven, son amant de dix ans son cadet. *L'homme invisible*, du fait de ses nombreuses missions à l'étranger. Sa réponse fuse.

– D'autres préfèrent les croûtons rassis.

Jean-Philippe, le mari de sa sœur, a presque l'âge qu'aurait leur père. Un vieux qui a fait d'elle une petite bourgeoise, villa quatre façades et golf le week-end.

Violette s'éloigne, trouve un autre banc où s'installer. Elles sont à cran.

Un taxi les attend. Serrées sur la banquette arrière, elles découvrent le paysage. Vignes, champs, maisonnettes, jardins potagers se succèdent sur fond de collines. Ça et là, une échappée sur la mer d'un bleu céruléen. Puis ce sont des hôtels à la queue leu leu, chacun affichant une publicité pour des thermes, et la traversée de villages avec son défilé de touristes en tenue de plage. Partout des bougainvilliers en grappes généreuses, fuchsia, violet. Lila a retrouvé son insouciance. À chaque tournant de la route, elle s'extasie. Hélène est plongée dans ses pensées.

Sonde-t-elle les arcanes familiaux pour tenter de comprendre ce qu'elles font sur cette île ? Son père lui manque-t-il autant que le prétend Lila ? Une maison aux murs jaune vif propulse Violette chez son oncle. Devant la cage du canari qu'il affectionnait. Bounty... Brandy ? Elle se souvient de la jalousie d'Hélène lorsque son oncle leur avait confié, à Lila et elle, la mission de chaque soir, avant le coucher, recouvrir la cage d'un torchon. Hélène n'avait pas décoléré. *Sales pestes !* Combien de fois sa cousine ne l'avait-elle pas pincée ? n'avait-elle pas raflé sa part de dessert ? arraché les cheveux de sa poupée ? Oncle Robert était aveugle. Tante So aussi. Pauvre Hélène ! Elle aussi avait dû en baver de cette situation. Sous prétexte que ses cousines venaient de perdre leur père, elle était obligée de partager avec elles non seulement ses jouets, mais aussi ses week-ends, ses vacances, ses parents... Du haut de ses six ans, *injuste !* Leur cousine en avait toutefois tiré profit. À défaut de l'unique, elle deviendrait la meilleure. Violette lève les yeux dans sa direction. Hélène s'est remise à pianoter sur son smartphone. *Une femme d'affaires accomplie.* Cette expression, combien de fois ne l'a-t-elle pas entendue dans la bouche de son oncle ! Hélène était sa fierté.

Coup de frein, la route ne va pas plus loin. Elles débarquent sur une petite esplanade sans charme sur laquelle traînent une poignée d'hommes désœuvrés.

– C'est le bout du monde ici ! peste Hélène, lorsqu'elle comprend qu'elles ne sont pas encore à destination.

Un inconnu s'est emparé de leurs valises, qu'il entasse dans ce qui ressemble à une voiturette de golf.

– Plus de première fraîcheur, constate Lila.

De fait, la carrosserie en a vu. Elles s'installent à bord. Le véhicule se met en branle, crapahute le long d'un étroit sentier en surplomb de la mer. La vue à mesure qu'elles grimpent devient plus époustouflante encore. Sous elles, en à-pic, une eau bleue, immobile, scintillante. Pas un souffle de vent. Violette s'agrippe à l'auvent au-dessus de sa tête. Lila a les deux mains sur une barre métallique. Hélène se tient à Lila. Le véhicule hoquette, fait mine de s'arrêter, reprend sa progression.

– Ce truc a des freins ? s'inquiète Lila.

Faut l'espérer, pense Violette. Sinon, elles accompagneront les cendres au fond de l'eau.

5

Elles sont accueillies par une petite femme guillerette, dans la cinquantaine elle aussi.

– Marinella ? s'enquiert Violette.

– Ornella. *Marinella è mia madre.*

Leur hôtesse désigne une vieille en train de somnoler sur la terrasse et fait signe à l'homme qui lui tient compagnie de s'approcher.

– *Mio fratello.*

Le frère d'Ornella arbore autour du cou une médaille bleue et argent toute pareille à celle qu'elle avait reçue de son oncle pour sa communion, constate Violette avec émoi.

– Lui, c'est Drago ! ajoute Ornella.

Violette caresse la tête du dalmatien qui s'est approché.

– Il ne mord pas. *E' molto affettuoso.*

Hélène tente de repousser la truffe de l'animal venu se coller contre ses cuisses. En vain, le chien insiste. Il lui renifle l'arrière-train.

– Toi, tu as fait l'amour avec Patrick ! s'esclaffe Violette.

Comme Hélène ne réagit pas, elle poursuit.

– Lorsque Napoléon revenait du champ de bataille, il faisait porter un message à Joséphine : Ne te lave pas, j'arrive.

– Vio, ça suffit ! intervient Lila.

Elles emboîtent le pas à Ornella et son frère qui emportent leurs valises, contournent deux chats alanguis au soleil, aperçoivent en contrebas de la terrasse un espace cultivé délimité par un muret au-dessus duquel sèchent des draps. Plus loin, suspendues à un fil, des grappes de piments et d'oignons.

– Plutôt familial comme hôtel, fait remarquer Lila.

Son ton est réprobateur. Piquée au vif, Violette réagit.

– Ça vous changera du Hilton, les filles.

Dix minutes plus tard, elle plonge dans la piscine. L'eau lui paraît glacée, d'autant plus que la température de l'air frise les 35°. À chaque extrémité du bassin, elle repousse le bord, se propulse en sens inverse avec la sensation d'expulser un trop-plein. Hélène ne tarde pas à la rejoindre. Sacrément bien conservée, constate Violette, lorsqu'elle la voit ôter sa tunique. Dessous, un minuscule bikini turquoise orné de perles. Ventre ultraplat. Ni vergetures. Ni cellulite. Pas une once de graisse. Comment fait-elle ? Comme sa cousine s'assied sur le rebord de la piscine, Violette lui saisit un pied, l'attire vers elle.

– Fais pas ta chochotte ! Allez, amène !

– Arrête ton cirque, Vio ! la tance Lila qui a surgi.

Elle aussi est en bikini, dont la culotte remonte jusqu'au nombril. Pauvre Lila, la nature ne l'a pas gâtée. Un pot à tabac. Aussi large que haute. Et ce ne sont pas ses éternels régimes qui y changent quoi que ce soit. Des trois, elle est aussi la seule à avoir hérité des seins de leur grand-mère, des pare-battes à la Mae West. Violette lâche le pied d'Hélène, replonge dans l'eau. Comment doit-elle s'y prendre avec sa cousine ? Que lui dire ? Elles n'ont pas échangé vingt phrases depuis ce matin. Hélène était suspendue à son portable. Elles n'ont rien en commun, sinon d'avoir grandi ensemble. Des années qu'elles ne se voient plus qu'à Noël. C'est par Lila et ses commérages qu'elles ont des nouvelles l'une de l'autre. Hélène c'est Madame Parfaite. Jamais un mot plus haut que l'autre. Carrière professionnelle au top. Compte bancaire bien fourni. Deux enfants lancés dans la vie. Sa seule bévue, son enfoiré de mari.

L'été dernier, le hasard avait fait qu'elle le croise à un vernissage. Hélène était à l'étranger, un de ses voyages professionnels. Patrick n'y était pas allé par quatre chemins. *Une partie de jambes en l'air, ça te dirait?* Elle lui avait répondu d'aller faire le poirier tout seul et il l'avait traitée de coincée. Elle n'en a jamais rien dit à Hélène.

De la brasse, elle passe au crawl. Sa tête fend l'eau. Elle songe à sa fille dont son ex a la garde et qu'elle ne voit pas grandir. Luc avait demandé le divorce, l'avait obtenu, était parti s'installer à Madrid avec Léa qui n'avait que deux ans. Aujourd'hui, Léa en a quatorze. Elle n'a toujours pas digéré qu'on lui enlève sa fille. Elle doit se contenter des vacances pour être ensemble. La dernière fois qu'elles se sont parlé sur Skype, à chacune des questions qu'elle lui posait sur ses cours au Lycée français, sur ses copains, sur la vie de tous les jours avec sa demi-sœur – Luc s'est remarié avec une Espagnole – invariablement Léa répondait ça va. Leur échange a duré moins de cinq minutes. À présent qu'elle a repris sa vie en main – son passage en psychiatrie est loin – oserait-elle exiger la garde de Léa? N'est-il pas trop tard? Et si sa fille refusait? Comme chaque fois que la culpabilité l'envahit, elle pense à Romain. À vingt-cinq ans, son fils est en passe de terminer la médecine. Elle n'a pas toujours été une mauvaise mère!

Le plongeon de sa sœur l'extrait de ses pensées cafardeuses. Hélène suit. Et c'est parti, les trois s'éclaboussent en riant. Des gamines.

– Faites gaffe, on va finir par vider la piscine! s'esclaffe Violette avant de se vautrer en travers d'une frite en mousse et battre des jambes.

Lila disparaît sous l'eau. Allongée sur le sol, Hélène se sèche. Violette s'approche.

– Quand était-ce, la dernière fois que nous avons passé des vacances ensemble ? lui demande sa cousine.

Un souvenir lui revient. Elles sont dans une cuisine, assises autour d'une table en formica, elles boivent du café. Il fait un froid de canard, tellement glacial qu'elles ont gardé leur doudoune.

– Au moins treize ans. Léa crapahutait à quatre pattes. Et tes enfants étaient des ados boutonneux.

– Élodie et Nico n'ont jamais eu d'acné !

– Je te charrie, Hélène ! J'essaie juste de me souvenir de l'âge qu'avaient nos gosses quand nous avons passé une semaine dans les Ardennes.

Une initiative de Lila. Constatant que leurs enfants ne se voyaient jamais, sa sœur avait loué une maison près de Saint-Hubert dans laquelle elles s'étaient retrouvées avec progéniture et sans hommes.

– Le bon temps ! soupire Hélène.

– Le bon temps ?

– Tu réagirais comment si tu apprenais que ton fils est gay ?

– Je m'en fiche d'avec qui Romain baise. Du moment qu'il est heureux. Es-tu en train de me dire que…

– Oui. Nico est gay. Et Patrick n'encaisse pas. Il n'a plus qu'un mot à la bouche : pédé.

La tête de Lila émerge de l'eau.

– De quoi vous causez, les filles ?

– De Nico. Il a fait son *coming out*. Trois jours avant la mort de Papa.

6

– Qu'est-ce que tu fous sous ton lit ? Tu prends les poussières ?

Violette se redresse. Elle n'a pas entendu Lila entrer.

– Mon plastique avec les cendres a disparu ! Il était sur la commode et il n'y est plus.

– Quelle idée de l'avoir sorti !

Lila lui lance un regard noir, avant de se ruer vers l'armoire dans laquelle est rangée sa valise contenant l'autre moitié des centres. Ouf, elles y sont !

– C'est la femme de ménage ! Elle a dû les jeter, se désespère Violette en se remettant à fouiller la penderie.

Rien. Elle ouvre les tiroirs de la commode, renverse le contenu de la poubelle. Toujours rien. Elle s'affale sur le lit.

– La poisse ! Et pour couronner le tout, je viens de recevoir des nouvelles de Sven. Il a cru y passer, à Raqqa. Sa vie a tenu à un cheveu… Frôlé par une balle.

– Trouve-toi un compagnon sérieux, quelqu'un sur qui tu peux compter. Tu vas finir comme maman.

– La ferme, Lila !

Leur mère, *l'Anglaise* comme la surnommait leur tante, a collectionné les hommes. Pas toujours avec bonheur. Aujourd'hui encore, à quatre-vingts ans, elle se targue d'avoir un nouvel amant.

– *Sorry*, Vio ! Tu me rends nerveuse. Réfléchissons. Si la femme de ménage a jeté ce plastique croyant qu'il contenait Dieu sait quelle saloperie, on doit pouvoir le retrouver dans les poubelles.

– Si ce n'est que la fermeture à glissière de ce fichu sac était naze.

Elles traversent la terrasse, butent sur Hélène occupée à lire.

– Vous allez où ? On dirait que vous êtes pressées.

– Problème de plomberie dans notre salle de bains, improvise Violette.

Comme Hélène a refermé son livre et semble prête à les accompagner, elle se penche vers sa sœur.

– Emmène-la au village, lui glisse-t-elle à l'oreille.

Si leur cousine devait se rendre compte de ce qui est arrivé aux cendres de son père !... Le drame !

Violette disparaît dans un dédale de corridors. La Casa Marinella se compose d'une vingtaine de chambres disséminées dans une imbrication de bâtiments bas aux murs blancs, dont les accès sont tout aussi alambiqués que l'architecture de l'ensemble.

– Je peux vous aider ?

Sorti de nulle part, Paolo, en short et marcel, arrosoir à bout de bras, la gratifie d'un sourire. Troublée par la sensualité qu'il dégage – est-ce sa tenue ? sa façon de la regarder ? –, elle lui explique être à la recherche de la personne qui a fait le ménage dans sa chambre ce matin.

– Elle est partie.

– Où se trouvent les poubelles ?

Elle insiste pour qu'il lui montre l'endroit, minaude.

– Soyez gentil.

La voilà repartie dans un labyrinthe d'escaliers et de corridors à la suite de Paolo. Arrivé devant deux hauts bacs pourvus d'un couvercle, il s'arrête.

– Vous avez perdu un bijou ?

Pas le temps de lui répondre, il a saisi à bras-le-corps la première poubelle et la basculant a répandu son contenu sur le sol.

– Non. Un sac en plastique.

Paolo s'agenouille, plonge les mains dans le tas d'ordures, écarte tampons, bouts d'ouate, plaquettes de médicaments, bonnet de bain, touffes de cheveux et brandit un sachet bleu criard. Violette secoue la tête.

– Non. Transparent, à glissière.

À son tour, elle s'accroupit.

– Le voilà !

À l'intérieur, plus grand-chose, sinon une fine pellicule grisâtre collée au plastique. Le reste s'est éparpillé dans la crasse. Dépitée, elle souffle un baiser à Paolo et le plante là.

7

– Et alors ?

Allongée en petite tenue sur son lit, Violette ouvre un œil. Elle s'apprêtait à faire la sieste.

Elle allonge le bras, saisit sur la table de nuit le plastique qu'elle a récupéré dans les poubelles et l'agite devant le nez de sa sœur venue s'asseoir sur le lit voisin.

– Retrouvé. Mais vide !

Au-dessus de leur tête, les pales d'un ventilateur brassent l'air.

– Mais t'inquiète, poursuit-elle. Ce soir on dîne ici. Des sardines grillées.

– Qu'est-ce que j'en ai à faire du menu de ce soir ! Où sont passées les cendres ?

– Une grillade… ça ne te dit rien ?

– …

En matière de rébus, Lila n'est pas la plus futée.

– Barbecue, charbon de bois, braises… toujours rien ?

– Tu veux dire que…

Lila écarquille les yeux. Violette rit.

– Oui. Les cendres du barbecue !

Elle agite de plus belle le sachet vide.

– Ne tire pas cette tête. Remercie-moi. Tu n'imagines pas les ruses que j'ai dû déployer pour que Paolo accepte l'idée d'un barbecue. Il prévoyait des rougets au four.

– Tu l'as travaillé au corps, c'est ça ?

– Demain, je bois un verre avec lui au village. Mais raconte-moi, comment ça s'est passé avec Hélène ? Vous avez trouvé un bateau pour nous emmener en mer ?

– Non. Elle est partie se promener seule, a refusé que je l'accompagne. Pour ce qui est des cendres, elle n'a pas l'air pressée. Je ne la comprends pas. Je la trouve bizarre. Ombrageuse. Si tu veux mon avis, elle n'est pas près de se remettre de la mort de son père.

Lorsque Violette se réveille de sa sieste, Lila a disparu. Installée sur la terrasse attenante à leur chambre, à l'abri du soleil sous une tonnelle de mufliers, elle observe les bateaux à l'ancre se balancer mollement. Une brise marine lui caresse le visage. En Frise, région d'où est originaire Sven, songe-t-elle, la mer est tout autre. Grise et froide, elle est cernée de digues pour l'empêcher d'inonder les terres et engloutir dans ses flots furieux ceux qui par malheur y vivent. La conscience, dès son enfance, de l'imminence du danger a-t-elle poussé Sven à devenir reporter de guerre ? À risquer sa vie pour témoigner de celle d'autres ? Cette proximité avec la mort, il la recherche aussi lorsque, de retour au pays, chevauchant sa moto, il se lance à toute allure. Son besoin d'adrénaline, elle l'a perçu dès leur première rencontre. C'était à une soirée chez des amis. Il y a cinq ans. En à peine une heure en sa compagnie, elle avait traversé l'Asie, séjourné à Bamako, échappé aux cartels de la drogue à Mexico City. Elle l'a ramené chez elle. Le lendemain, il a été cash. Il ne voulait pas se lier. Il a joint les poignets et fait mine d'être menotté. Depuis, contre toute attente, il est resté. À sa façon. Avec des allées et venues. Elle ne l'interroge pas sur d'éventuelles relations avec d'autres femmes. Ils ont chacun leur vie. Selon son psy, son rapport aux hommes est à mettre en lien avec la disparition tragique de son père. Elle ne ferait plus confiance à personne, sinon à elle-même.

Les yeux rivés sur la baie au fond de laquelle reposera bientôt son oncle, elle allume une cigarette. La fumée envahit ses poumons. *Ton papa est mort.* La voix résonne dans ses oreilles, comme si c'était hier. *Oncle Robert* ! s'entend-elle dire tout haut. Elle revoit son abondante chevelure bouclée qui avec le temps avait viré au blanc, ses yeux clairs. Diminué par son AVC, ces derniers mois, il ne s'exprimait plus que par borborygmes, ses mains tremblaient, il bavait, lui a raconté Lila. Elle s'en veut de ne pas lui avoir rendu visite alors, trop occupée. Ainsi va la vie, courir pour des futilités jusqu'à ce que la mort fasse son boulot, son sale boulot. Lila, qui est restée présente à son chevet jusqu'à la fin, ne s'est pas privée de la traiter d'égoïste. Soit ! Elle assume. Reste qu'elle n'est pas fière. Il lui a fallu des années avant de comprendre que son oncle avait été la personne la plus courageuse de son entourage, il lui avait dit la vérité à propos de son père. Pourquoi sa mère, pendant trois ans, avait-elle tenu à lui faire croire qu'il n'était pas mort ? Pensait-elle la protéger en tissant autour d'elle un cocon, ce dont elle-même avait cruellement manqué dans son enfance ?

Sa mère avait grandi en Angleterre. À sept ans, *dear little Daisy*, avait été envoyée au pensionnat. Une éducation à la baguette. Un jour qu'elle avait interrogé sa mère sur cette période de sa vie, celle-ci avait été plus loquace que d'ordinaire. De la colère dans la voix, elle lui avait décrit l'uniforme, la discipline, les punitions, les chambrées, le réfectoire, les W.C… Et aussi les nonnes, des femmes frustrées, dont les efforts pour faire d'elle une future épouse et mère accomplie en lui enseignant broderie, tricot et crochet – *such stupidities* – avaient échoué.

Un bateau de pêche a surgi de derrière l'imposant rocher au milieu de la baie qu'on surnomme ici le *panettone*, à cause de sa forme semblable à celle du gâteau de Noël aux fruits confits dont raffolent les Milanais. L'embarcation louvoie entre les voiliers à l'ancre, les faisant danser après son passage. Ce même tumulte, sa mère a dû l'éprouver, lorsqu'à dix-neuf ans, coupant les ponts avec sa famille en Angleterre, elle a débarqué à Bruxelles. *La nuit, je travaillais dans un bar. Je servais des bières en minijupe. La journée, je dessinais. À vingt-quatre ans, je suis tombée enceinte. Un accident. Trois mois plus tard, je me mariais avec ton père et six mois plus tard, naissait Lila.*

Ça c'était du connu. Mais que penser des dernières révélations que sa mère lui a faites ? Personne n'est au courant.

8

– *Che bella ragazza* !

Violette accueille le compliment avec un sourire. Vêtue de sa robe en batik fendue sur le côté, qui, au moindre mouvement, laisse entrevoir sa cuisse, elle fait son effet. Elle adresse un clin d'œil complice à Paolo et s'en va rejoindre Lila et Hélène, attablées sur la terrasse. Trois autres tables sont occupées. Paolo est méconnaissable. Il a troqué son éternel short pour un pantalon et une chemise en lin. Il virevolte autour des tables, leur apporte du pain, disparaît, revient avec de l'huile, repart, présente la carte des vins, leur tend une bouteille de Biancolella 2015 qu'il débouche, verse un doigt dans le verre de Violette.

– Il me donne le tournis, se plaint Hélène.

Violette en déduit qu'elle est vexée, Paolo ne s'est pas adressé à elle pour goûter le vin.

Le *secondo piatto*. Des sardines, comme prévu.

– *Grigliate*, confirme Paolo en effleurant l'épaule de Violette.

– Il t'a à la bonne.

La remarque vient d'Hélène. Le ton est acide.

– Qu'est-ce que j'en peux si je lui plais ? se rengorge Violette, titillée par le petit jeu de séduction qui s'est installé avec le frère de la patronne.

Elle n'a pourtant nulle intention de se taper le bonhomme. Juste draguer un peu. Pour le fun. Sur ce terrain-là, des trois femmes, elle est celle qui rassemble le plus d'atouts. Hélène manque d'humour et sa sœur de sex-appeal.

– On n'est pas ici pour se crêper le chignon ! intervient Lila. Parlons plutôt de ce qui nous réunit. Ce n'est pas tous les jours que nous nous retrouvons ensemble. Et il y a aussi à discuter des cendres. Quand voulons-nous… enfin, je veux dire, attendons-nous le dernier jour pour louer un bateau… ou allons-nous descendre au port demain ? Hélène, qu'en penses-tu ?

Violette comprend, à l'insistance de Lila, que le sujet de la dispersion n'a toujours pas été abordé avec leur cousine. Elle hume l'air par petites saccades. Les sardines ont bien été grillées au barbecue.

– C'est que… bredouille Hélène.

– C'est que quoi ? la coupe Violette.

Au plus vite elles auront accompli leur devoir, au plus vite les vacances pourront commencer.

Comme Hélène ne réagit pas, Lila vole à son secours.

– Je te comprends, ma chérie. Cette dernière étape, c'est dur.

Au ton mielleux de Lila couplé à l'air de *mater dolorosa* qu'arbore sa cousine, Violette perd son calme.

– Nom d'un chien, Hélène, dis-nous ce que tu souhaites.

Silence de plomb. Les trois femmes se jaugent.

– À vous de décider, lâche enfin Hélène en détournant la tête.

– À nous de décider ? s'insurge Lila.

– Hélène, regarde-moi, tente Violette. Tout à l'heure, j'ai eu l'impression que tu voulais nous dire quelque chose.

– Non. Rien. C'était juste… un passage à vide.

Le repas se poursuit. Les trois femmes échangent des souvenirs d'enfance. Si Violette reste perplexe – que leur cache Hélène ? –, elle aussi replonge dans son passé.

– Je lui dois une fière chandelle à ton père, concède-t-elle, en posant la main sur l'avant-bras de sa cousine.

À vingt ans, contre l'avis de son oncle, elle était partie à Ibiza rejoindre Olivier. Qu'est-ce qu'elle l'avait dans la peau, ce connard ! Trois années de plage-fiesta-fumette, avant de revenir à Bruxelles enceinte de Romain. Sans l'intervention de son oncle, elle se serait retrouvée en taule. Complicité dans le trafic de stups que menait Olivier. Son oncle avait appointé un ténor du barreau. Hélène n'avait pas été mêlée à cette mésaventure. À cette époque, elle traçait son chemin droit devant, un itinéraire sans nids-de-poule.

– Papa n'a fait que ce qu'il devait, lâche Hélène d'un air désabusé. Vous étiez orphelines en quelque sorte. Votre mère, Tante Daisy était… comment dire… complètement dépassée.

Violette soupire. Elle connaît la chanson. Sa mère n'a jamais été à la hauteur. Sa tante le lui a encore rappelé la semaine dernière, lors de l'incinération. *Daisy aurait pu faire le déplacement. Londres n'est pas la Chine !*

– Ton père n'était pas obligé de s'occuper de nous les week-ends et les vacances, fait remarquer Lila.

– Ni de payer mon loyer après ma rupture avec Olivier, ajoute Violette.

À voir la tête qu'Hélène tire, elle se demande si sa cousine ignore aussi que son père leur avait ouvert, à Lila et elle, un compte bancaire sur lequel, depuis des années, il leur versait régulièrement de l'argent. Le dernier versement datait d'il y a un an, juste avant son AVC. Au pourquoi de ses largesses, leur oncle n'avait jamais eu qu'une seule réponse : *Si je puis me le permettre, pourquoi pas ?*

Plongée dans ses pensées, Hélène ne dit toujours rien. Violette s'en veut d'avoir parlé d'Olivier. À quoi bon souligner ses ratages ? Sinon à se sentir méprisable. Lila finit par rompre le silence pesant qui s'est installé. Elle les ressert de vin et les lance sur un nouveau sujet.

– Rappelez-vous les vacances de Pâques lorsque les cloches venaient de passer. Toutes les trois, on se ruait dans le jardin, parfois encore en chemise de nuit et c'était à celle qui ramassait le plus d'œufs. Il y en avait dans l'herbe, dans les buissons, parmi les fleurs.

Sa sœur maîtrise l'art de la diplomatie, constate Violette en lui adressant un clin d'œil.

– Je me souviens des marchandages. Un œuf au chocolat blanc pour deux au chocolat noir, précise Hélène, sortie de sa torpeur.

– Tu avais déjà le sens des affaires, ironise Violette.

Elle saisit la bouteille et verse le fond de vin dans son verre avant de poursuivre.

– Toi, Hélène, tu es la fourmi de La Fontaine, Lila et moi, les cigales. Du moins, moi. Le mari de Lila est plein aux as.

– Violette, tu as trop bu ! se fâche Lila.

Son poing atterrit sur la table, un verre se renverse.

– Je ne suis pas la seule ! s'écrie Violette en leur montrant les deux cadavres de bouteilles éclusées.

Paolo a surgi. Il pose un verre de liqueur devant chacune. Quelques secondes de flottement avant que Violette porte un toast.

– À nous !

– À Oncle Robert, qui nous réunit ici !

– À Paolo !

Les verres s'entrechoquent. Elles rient à nouveau, s'embrassent. Du limoncello se répand sur la robe de Violette. Les yeux brillants, Hélène insiste pour que Paolo s'asseye et boive avec elles. Il décline l'invitation. Revient quelques instants plus tard avec un récipient d'eau chaude.

– Je peux ?

Violette déboutonne le haut de sa robe. Les doigts de Paolo se faufilent dans son décolleté, saisissent la portion de tissu souillé, frottent.

– Vous n'oubliez pas, lui glisse-t-elle à l'oreille.

Elle pense bien sûr aux cendres qu'il a promis de lui fournir dès que le barbecue aura refroidi.

– Certo che non me lo dimentico !

Elle lève à nouveau son verre.

– À nos mères qui nous ont donné la vie ! Voilà que je deviens sentimentale.

– Oui, à Maman. Et aussi à Tante So, embraie Lila, une larme à l'œil.

– À Tante Daisy, concède Hélène. Et aussi à ma chère mère. Ces deux-là n'étaient pas faites pour s'entendre. Maman a toujours détesté votre mère.

Violette réagit au quart de tour.

– Ce n'est pas sans raison.

– Que veux-tu dire ? interroge Lila.

– Maman a été la maîtresse d'Oncle Robert.

9

Violette ouvre les yeux, les referme aussitôt. Sa tête est serrée dans un étau. Elle a trop bu hier. Trop parlé aussi. Quelle heure est-il ? Sa main tâtonne sur la table de nuit à la recherche de sa montre, renverse le verre d'eau qui s'y trouve. Elle aimerait se boucher les oreilles, ne plus entendre le claquement infernal des volets à chaque rafale de vent. Lila a raison, c'est une bombe qu'elle a lâchée. L'alcool aidant, elle n'a plus hésité. Mare de tous ces secrets. *Communication de merde dans cette famille*, marmonne-t-elle en espérant réveiller Lila qui ronfle dans le lit voisin.

La veille, lorsqu'Hélène en fureur a levé le camp, Lila a fait mine de la suivre.

Violette l'en a empêchée. Elle l'a attrapée par le poignet, la forçant à se rasseoir.

– Pour une fois, écoute-moi ! J'ai eu les confidences de Maman.

– Parce que Maman te parle !

Elle n'a pas relevé, Lila s'est toujours sentie en reste en ce qui concerne son quota d'amour maternel. Elle lui a relaté sa dernière visite à Londres, quelques jours avant le décès de leur oncle.

Sa mère avait insisté pour qu'elles aillent déjeuner chez Harrods. En robe de satin orange, bas verts et chaussures bleues, il ne lui manquait plus que le chapeau pour ressembler à Vivienne Westwood. À leur arrivée dans l'un des restaurants sur lequel elle avait jeté son dévolu – on y servait des huîtres –, les clients s'étaient retournés sur son passage.

L'annonce du décès imminent de son beau-frère, couplée au fait que l'incendie dans lequel avait péri son mari s'était déclaré à l'heure à laquelle les gens déjeunaient à l'étage du grand magasin comme elles s'apprêtaient à le faire avait-elle incité sa mère à lui parler ? Sous le sceau du secret, *tu ne le répéteras à personne, surtout pas à Lila,* elle lui avait confié avoir eu jadis une liaison avec son beau-frère et dans la foulée lui avait fait part de détails intimes sur la façon dont Robert était avec elle, *so tender, so passionate. Au moins sur lui, je pouvais compter, alors que sur ton père… Jusqu'à ce que ce pauvre Rob, je ne le supporte plus. Après quelques années, il était devenu collant. Such a pain ! I told him it was over.* Ce déballage obscène semblait avoir creusé l'appétit de sa mère qui, sa douzaine d'huîtres engouffrées, s'était emparée de l'assiette qu'elle-même avait repoussée, révulsée soudain à l'idée d'avaler un animal vivant. *Ton père aussi adorait les huîtres.* Sans se préoccuper le moins du monde de l'effet de ses paroles, sa mère avait levé sa coupe de champagne, avant d'ajouter : *Et les belles voitures. C'est d'ailleurs sa Triumph retrouvée à proximité de l'Inno qui nous a fait comprendre qu'il avait bel et bien péri dans l'incendie. Cette décapotable rouge, c'était une de ses folies, sa maîtresse ! Il avait même loué un garage près de la maison pour la bichonner à l'abri des intempéries. Ton père, l'argent lui coulait entre les doigts. A big big big spender.* Son père, un flambeur ? Le jeu de mots était tangent. Elle avait observé sa mère racler l'intérieur d'une coquille d'huître pour en extraire le reliquat de chair, en se demandant quel l'homme avait eu du crédit à ses yeux. Tous, y compris Robert, n'avaient fait que traverser son existence.

J'espère ne jamais ressembler à ma mère, songe-t-elle en constatant que sa sœur est enfin réveillée.

– Bien dormi ?

– Je gamberge, Vio. Et si Papa s'était suicidé ? Imagine un instant qu'il n'ait pas été victime d'un accident, mais qu'il se soit jeté dans les flammes. Volontairement. Annihilé qu'il était par cette double trahison : sa femme et son frère, les deux êtres dont il était le plus proche, le cocufiant. Rends-toi compte !

On ne se remet jamais tout à fait d'une trahison amoureuse, songe Violette. Elle en avait fait les frais. Apprenant que Luc, son mari, couchait avec une de ses amies, elle avait plongé. Médicaments, alcool, divorce… Ça avait duré des mois. Hospitalisation, suivi psy, elle avait survécu. Pour ce qui est de son père…

– Tu débloques, Lila. Si on veut se suicider, il y a d'autres moyens que rentrer dans un magasin en feu. Quant à savoir si Papa était au courant pour Maman et Oncle Robert… ! J'ai cuisiné Maman à ce sujet et tu la connais, elle est restée évasive. Pas moyen de tirer ça au clair.

– En fait, que savons-nous de Papa ? Et de sa vie avec Maman ? grommelle Lila en se levant de son lit.

Rien, songe Violette avec un haussement d'épaules. Ou si peu. Son père, au début de son mariage, était paraît-il *drôle et imaginatif*. Des qualités qu'elle se reconnaît volontiers et dont elle aime penser avoir hérité. Des qualités qui aux yeux de sa mère s'étaient rapidement muées en défauts. Comment, alors qu'il semblait avoir été quelqu'un d'amusant, avait-il pu s'accommoder d'un boulot de comptable dans une boîte d'import-export ? Mystère. Quoi qu'il en ait été, l'hypothèse d'un suicide de sa part, elle n'y croit pas, ne veut pas y croire. D'ailleurs, à quoi bon se creuser la cervelle ? Tout sur ce tragique incendie n'a-t-il pas été dit ? Jamais, elles n'auront de confirmation sur ce qui s'est réellement passé ce jour-là. Avec qui déjeunait leur père, s'il se trouvait au restaurant du magasin ? À moins qu'il n'ait été en train d'essayer un costume au rayon hommes ? Il leur faut vivre avec ce trou dans leur histoire.

– Je n'arrive pas à m'enlever de la tête qu'Oncle Robert a abusé de notre naïveté, poursuit Lila tandis qu'elle enfile une robe. Je comprends mieux à présent pourquoi après la mort de Papa il était continuellement fourré chez nous.

– Et nous, chez lui !

– Pas étonnant qu'Hélène n'ait pas apprécié ta sortie d'hier soir. Son père est tombé de son piédestal.

Violette a un flash, l'effigie de Saddam Hussein basculant de son socle et se fracassant sur le sol.

– Pauvre Hélène, poursuit Lila. Son père n'était donc pas l'homme désintéressé qu'elle croyait, le bon Samaritain. Mais pourquoi Maman t'a-t-elle raconté tout ça ? Pourquoi maintenant ? Pourquoi à toi seulement ?

– Maman adore les secrets. Une façon de diviser pour régner. Elle devait se douter que tôt ou tard je lâcherais le morceau. Je ne sais pas tenir ma langue. Et de fait. Si tu veux le fond de ma pensée, me parler lui évitait de se confronter à toi. Je pense, Lila, que tu en imposes à Maman. Ta vie si parfaite… avec ton gentil mari, ta belle maison, ta piscine… Tandis que moi… À moins que ce ne soit une habile manœuvre, un dernier coup bas, un règlement de compte envers Tante So qu'elle n'a jamais pu saquer. Pourquoi maintenant, cinquante ans après les faits ? Va t'en savoir ! Mais arrêtons de faire un fromage de toute cette histoire. Ce n'est jamais qu'une incartade de plus de la part de Maman. Oncle Robert, en définitive, je ne peux pas lui en vouloir. Tante So au lit, ça ne devait pas être le Kama sutra. Puis, n'oublie pas une chose. Après que Maman l'a viré, il a continué de s'occuper de nous.

Lila se rassied sur son lit, enfouit son visage dans les mains.

– Qu'est-ce qui t'arrive?

– Et si toi et moi… étions demi-sœurs? Je veux dire que… Oncle Robert serait mon père?

– Non, Lila. Tu es ma sœur, ma grande sœur.

Elle la rejoint sur son lit, la serre dans ses bras.

– Bien que certains jours, je me serais passée de t'avoir sur le dos non-stop, lui murmure-t-elle à l'oreille, en la berçant de plus belle. Tu penses que j'ai posé la question à Maman. Son aventure avec notre oncle n'a commencé que six mois avant la mort de Papa.

– Heureuse que tu restes ma sœurette, Vio. Un instant, j'ai cru t'avoir perdue.

Lila essuie la larme qui a pointé au coin de son œil.

10

Oubliée la sortie en mer tant le vent souffle. Impossible de prendre le petit déjeuner sur la terrasse. Le spectacle y est désolant. Coussins disséminés sur le sol, transats renversés dont les toiles battent comme des voiles mal bordées. Sous ce ciel plombé, la Casa Marinella est sinistre. La patronne a le goût du détail, constate Violette en pénétrant dans la salle à manger. Les nappes sont du même rose vif que le motif des assiettes. Elle se contente d'une biscotte qu'elle beurre à peine, gueule de bois oblige. Elle est au radar. À chaque bourrasque, le crissement de branches contre les vitres lui fait dresser le poil. Le soleil reviendra cet après-midi, lui assure Ornella en lui versant son thé. La main posée à plat sur le mug rempli à ras bord de cendres que vient de discrètement lui remettre Paolo, elle écoute la patronne lui faire un compte-rendu des prévisions météo.

– *Hello* !

Elle se retourne. L'Allemand avec qui elle a causé sur le bateau ! Que fait-il là ?

Une demi-heure plus tard, frigorifiée, elle descend de sa Vespa. Ses doigts sont bleus, bien qu'elle ait tenté de les garder à l'abri sous son pull. Elle sautille sur place. Dieter lui frotte le dos, lui assure que bientôt elle n'aura plus froid, le jardin qu'ils s'apprêtent à visiter se situe à flanc de colline, il s'agira de grimper.

– *La Mortella*, c'est le nom du *giardino*.

– La Mortadelle ?

Elle pouffe de rire. Un nom de charcuterie pour un jardin botanique ! Ces Italiens sont fous ! Dieter partage son avis. L'esprit méditerranéen ! clame-t-il. Rien à voir avec celui des gens du Nord. Lui vient de Hambourg. Et elle ? De Bruxelles, et elle lui balance ce qui lui passe par la tête :

– *Ich bin ein schöne mademoiselle.*

Consciente de sa bourde – la réplique vient d'un film où Louis de Funès se moque des Boches –, elle jette un coup d'œil inquiet à son chevalier servant. Il n'a pas l'air de lui en vouloir. A-t-il seulement compris ? Ou peut-être ne passe-t-on pas ce genre de film en Allemagne ! Il l'invite à le suivre sur le sentier. Le jardin est luxuriant, une végétation tropicale, des plantes inconnues. L'une d'entre elles dresse ses fleurs rouges comme des phallus.

– *Obscene!* fait-elle remarquer, une lueur d'amusement dans les yeux.

Dieter acquiesce. Son invitation ne pouvait mieux tomber. Elle n'était pas prête à affronter Hélène au lever du lit. Besoin de rassembler ses esprits. Une chose est certaine, elle ne s'excusera pas, elle n'a fait que dire la vérité.

Ils font halte dans une serre, admirent des dizaines de variétés d'orchidées. Arrivée au sommet du jardin, elle ôte son pull, le noue autour de sa taille. Le moment que choisit Dieter pour lui passer un bras autour de l'épaule.

– J'ai faim. *I'm hungry*, déclare-t-elle en se dégageant de son étreinte avec un éclat de rire.

Elle lui prend la main, l'entraîne vers la cafétéria dont elle aperçoit l'enseigne.

Ils commandent du vin et des antipasti, un *assortimento*. Dieter se débrouille en italien. Il était prof de math dans une école secondaire. Aujourd'hui, il fait une pause. Il désire changer de vie. Elle l'interroge sur ce que signifie pour lui *changer de vie*. Quand elle l'entend dire qu'il s'agit de faire une croix sur son passé, elle s'insurge. Lui fait remarquer que ça ressemble plutôt à une fuite. Elle se demande si cet homme est un lâche, quelqu'un qui évite de prendre ses responsabilités, mais elle comprend que non lorsqu'il lui raconte son divorce et la séparation d'avec son enfant. Il n'a le droit de voir son fils qu'une fois tous les quinze jours. Une injustice, dit-il. Touchée par sa sincérité, elle se laisse imprégner par la chaleur de la main posée sur la sienne. En retour, elle lui raconte son mariage raté, sa fille Léa qu'elle a dû se résoudre à laisser partir à Madrid. Aussi, elle le comprend lorsqu'il dit être malheureux de ne pas voir son enfant grandir. Ils ont en commun cette souffrance. Elle incline la tête pour montrer combien elle compatit. Elle lui parle aussi de son fils Romain, dont elle est si fière. Elle fait l'impasse sur Sven, se contente de dire *I've a friend*. Elle élude aussi son parcours professionnel chaotique. À quoi bon raconter qu'elle a passé cinq années comme infirmière dans un service hospitalier avant de déclarer forfait, elle n'avait pas la vocation, et qu'ensuite elle s'est essayée à la vente. Virée vite fait. Manque de tact ! Elle préfère lui raconter comment depuis peu elle s'est mise à customiser des vêtements achetés pour trois francs six sous dans des friperies. Une poche de biais par-ci, un col en organza par-là, et la robe ou la tunique se retrouve prête pour une deuxième vie. Elle commence à avoir des clients. Comme chaque fois qu'elle parle de sa nouvelle passion, qui devrait mettre du beurre dans les épinards, ras-le-bol du chômage qui lui permet tout juste de nouer les deux bouts, elle s'emballe. La comprend-il ? Voit-il de quoi elle parle ? Elle recule sa chaise, allonge une jambe, tapote l'un après l'autre les six boutons, chacun d'une couleur différente, qu'elle a cousus tout du long de la couture latérale de son pantalon.

– *You're an artist!* s'exclame-t-il en se levant de table.

Une artiste comme ma mère, songe-t-elle, tandis qu'ils poursuivent leur promenade dans le jardin.

Chaque fois que sa mère avait un nouvel amoureux, elle en réalisait le portrait. Des toiles qui, avec les années, s'accumulaient derrière un rideau. Seul l'élu du moment avait droit à une place au-dessus de la cheminée du salon. Les ressemblances étaient plus ou moins réussies. *Tous les modèles ne prennent pas la lumière,* se justifiait-elle lorsqu'on lui faisait remarquer que la forme des yeux ou du nez ne correspondait pas au modèle. L'un de ces portraits avait mal fini. Qu'avait fait ce chauve pour que sa mère lui confie sa palette ? *Vas-y, Vio, améliore-moi cette tête d'œuf.* Du haut de ses huit ans, elle avait retravaillé le bonhomme à sa sauce. Tignasse verte, collier, moustache, chapeau de fée… *Quel beau guignol !* s'était exclamée sa mère. Que sont devenues ces toiles ? Sa mère les a-t-elle emportées à Londres ? Le dernier amoureux en date, ce Lord dont elle lui a fait l'éloge, a-t-il lui aussi posé pour elle ? *Malgré ses quatre-vingt-deux ans, Harry est toujours vert. Le seul hic… il est un peu lent à conclure.*

Elle respire profondément pour évacuer la sensation d'étouffement qui l'a gagnée. Toute ressemblance avec sa mère l'insupporte, quand bien même il s'agit de leurs talents artistiques. Elle embraie sur la raison de son séjour, la dispersion des cendres de son oncle. Dieter ne la croit toujours pas.

– *It's the truth*, insiste-t-elle.

Lui revient à l'esprit ce tissu d'histoires fantaisistes à propos de son oncle qu'elle lui a balancé sur le ferry. Énervée sur elle autant que sur lui, elle hausse la voix, il DOIT la croire. Il rit.

Elle tape du pied. Il rit de plus belle. Lui lance qu'elle est une sacrée bonne comédienne en plus d'une excellente couturière. Elle s'arrête net.

Elle a basculé des années en arrière. Elle est dans le couloir de son école. Devant le directeur. Les yeux à hauteur de sa cravate, lignée, maintenue par une pince en argent. Ça sent le chou-fleur. *Ce n'est pas moi,* répète-t-elle. *Je n'ai pas volé le bracelet. Je le jure sur la tête de Maman. Sur la tête de mon oncle. Si je mens, je vais en enfer.* Elle crache entre ses doigts, en appelle à Jésus cloué au-dessus de la porte du réfectoire, *aide-moi, dis-lui que je ne suis pas une voleuse, ni une menteuse. Il n'a pas le droit de me coller une retenue.* Le visage grimaçant du directeur se confond avec celui de Dieter. Elle lève le bras.

– Va te faire foutre !

La gifle part.

– Scheisse !

Elle se frotte machinalement la joue. Non, il ne l'a pas frappée, c'est elle qui l'a giflé. Abasourdie, elle le regarde cavaler sur le chemin en direction de la sortie. Qu'est-ce qui lui arrive ? Elle a tout fait foirer. Comme à son habitude. Une fouteuse de merde ! Même Hélène le lui dit. Elle est incapable de fermer sa grande gueule. Plus fort qu'elle. *Instable. Indomptable.* Les qualificatifs dont Luc l'avait gratifiée lors de leur divorce sifflent à ses oreilles. Une mauvaise fée lui a jeté un sort à sa naissance.

11

– Nom de tonnerre, Vio, où étais-tu passée ?

Quand Lila arrêtera-t-elle de la traiter comme une gosse ? Violette se laisse tomber sur un siège, allume une clope.

– En vadrouille avec Dieter, le mec du van.

Elle se garde d'ajouter qu'elle est rentrée en stop. Et encore plus de lui en donner la raison.

– Mais t'inquiète, il ne m'a pas violée !

Elle n'est pas fière de sa gifle. Quelle mouche l'a piquée ? Elle vrille son regard dans celui de Lila.

– Hélène n'est pas avec toi ? Tu lui as parlé ? Qu'est-ce qu'elle t'a dit ?

Du regard elle balaie la terrasse dans l'espoir d'y apercevoir sa cousine. Il va falloir qu'elles se parlent toutes les deux. Qu'elles en finissent avec ces secrets de polichinelle qui leur pourrissent la vie.

– Elle est dans le trente-sixième dessous.

– Évidemment ! J'ai descendu en flèche son papa chéri et…

– S'il n'y avait que ça !

– Qu'est-ce que tu veux dire ?

– Des ennuis avec son boulot. Un dossier qui foire.

– Et vous avez trouvé un rafiot ?

– Non. Nous sommes restées ici à discuter, avant qu'elle décrète qu'elle partait se balader seule. Ne me demande pas où. Je suis restée dans les parages. Au cas où elle reviendrait et aurait besoin de moi.

– Mère Teresa !

– Qu'est-ce qui t'arrive, Vio ?

Une petite voix intérieure lui souffle de ne pas envenimer la situation, *fais gaffe, ma vieille. Tu as assez merdé hier.*

– Je vais m'occuper de trouver un bateau, propose-t-elle. Histoire de me racheter… vis-à-vis d'Hélène.

– Bonne idée ! Rends-toi utile.

Quand elle frappe à la porte de Paolo, une aile un peu à l'écart des autres bâtiments, celui-ci n'a pas l'air surpris de la voir.

– Entrez.

La pièce est sombre. La table, jonchée de revues, d'outils de jardinage, de vaisselle. Alangui sur une chaise en rotin, un chat somnole. Par terre, des caisses empilées, un tapis roulé. Des chaussettes sèchent sur la terrasse. Ce foutoir lui donne à penser que Paolo vit seul. Sans femme. Elle ne voudrait pas qu'il se méprenne sur ses intentions, d'autant qu'elle lui a promis d'aller boire un verre ensemble. Aussi, elle va droit au but. Elle lui demande s'il peut lui recommander quelqu'un à qui louer un bateau. Elle invoque une excursion afin d'admirer la côte depuis le large. Il ne doit pas savoir à quoi elle destine les cendres qu'il lui a fournies ce matin. Elle avait prétendu en avoir besoin pour la confection d'un masque de beauté. Tandis qu'il griffonne des noms sur un bout de papier, son regard est attiré par une photo accrochée au mur. Elle s'approche, scrute la rangée d'hommes sur ce qui semble être une place de village.

– C'est qui, lui ?

Ce bonhomme ressemble à son oncle. Son oncle Robert ! Du temps où il était jeune. Même chevelure abondante. Même regard clair. Même menton volontaire. Si seulement elle s'était préoccupée de lui les derniers mois de sa vie ! Égoïste, elle a été égoïste. Et ça la poursuit.

– C'est qui ? redemande-t-elle.

Paolo colle son nez sur la photo.

– Iago… o Pasquale.. Non vedo bene senza occhiali.

Il se retourne, hausse les épaules, d'un geste du bras montre la pièce, le désordre. Elle comprend qu'il ignore où se trouvent ses lunettes.

– *Il nostro coro,* ajoute-t-il avant d'entonner un air d'opérette.

Quelle voix ! Impressionnée par la performance, elle applaudit. Paolo n'a l'air de rien, un homme ordinaire, mais quand il chante, mon Dieu… ! Le chat est sorti de sa torpeur. Collé à la jambe de Violette, il miaule. À croire qu'il cherche, lui aussi, à retenir son attention. Elle se concentre sur les explications de Paolo. Leur langage s'accompagne de gestes. La chorale dont il faisait partie n'existe plus, comprend-elle. Elle était composée d'une dizaine d'hommes, tous du village, qui se réunissaient chaque semaine pour le plaisir de chanter ensemble. La photo date d'il y a au moins vingt-cinq ans. L'un d'eux ressemble à son oncle qui vient de mourir, lui confie-t-elle.

– Comment dit-on *sosie* en italien ?

– *Sosia* !

Paolo se remet à chanter. Violette cette fois reconnaît la mélodie.

– Carmen ! s'exclame-t-elle.

Et elle se met au diapason. Un duo improvisé, qui se termine par un apéritif tout aussi improvisé.

Elle sort de chez lui, légèrement grise, ragaillardie. Oubliée, sa mésaventure ! Non, elle ne se dispute pas avec tout le monde. Et pour ce qui est de se rabibocher avec Hélène, elle a dans sa poche le nom de deux gars fiables susceptibles de les emmener en mer dès que le vent se sera calmé.

12

Violette s'est levée de bonne heure et est descendue au port. Assister au réveil du monde lui fait se sentir aux commandes de sa vie. Le premier pêcheur sur la liste est un homme trapu et baraqué, au visage buriné. Son embarcation se trouve à l'extrémité du ponton, au-delà des voiliers et des hors-bord. Moteur Diesel, gilets de sauvetage, coque en polystyrène… Il en fait l'article. Elle le coupe dans son élan. Elle ne cherche pas à acheter un bateau, juste à faire un tour en mer. Aujourd'hui, si possible.

– … *mi scusi, oggi, non sono libero.*

Les sourcils du bonhomme s'activent. Il semble désolé de ne pouvoir répondre à sa demande.

– *Domani, sì*, ajoute-t-il.

Il ôte sa casquette, se gratte le crâne, remet sa casquette. Elle se laisse convaincre qu'en effet une sortie en mer demain sera plus agréable, car si le vent s'est calmé et le soleil revenu, il reste du clapot. Les bateaux tirent sur leurs amarres. Le mal de mer assuré.

– *Domani, sì*. Je reviendrai.

L'homme la retient par le bras, insiste. Elle doit réserver sa sortie en mer maintenant. Et il lui répète que le tour de la baie dure une heure. Si nécessaire il peut prévoir un arrêt aux thermes de Cavascura. L'accès se fait à pied par la plage. On y prend saunas et bains dans des grottes. Des eaux riches en fer, en magnésium et en radon. Dans ce cas, elle doit compter un supplément de 10 euros par personne. Il ne la lâche pas.

– *Quanti sarete*?

– *Tre.*

Quatre, si elle tient compte de son oncle… Le bonhomme, espère-t-elle, ne sera pas trop regardant. Et si le moment venu il devait le devenir, il serait toujours temps d'allonger quelques billets. L'homme la précède jusqu'à son bateau, en réalité une barque. Bleu turquoise. Des planches en guise de sièges. La cale recèle un seau et des cordages enroulés avec soin. Le moteur sous la bâche est rutilant.

– Alors, à demain, conclut Violette en lui tendant la somme demandée.

Dans la foulée, elle envoie un texto à Lila et Hélène. *Bateau réservé et payé pour demain 17 h.*

Elle a mis son orgueil en poche et parcouru la moitié du chemin vers sa cousine. Que faire de plus ? Sinon reconnaître qu'elle n'y a pas mis les formes pour lui dire ce qu'elle avait à lui dire. Hors de question, cependant, de s'aplatir. Elle finit par croire qu'Hélène l'évite. Elles ne se sont plus croisées depuis leur altercation. Hier soir, Madame est restée dans sa chambre, besoin de se reposer, selon Lila. Et ce matin, d'après Ornella, elle serait déjà sortie. Pour aller où ? Même Lila, qui la connaît mieux, ne comprend pas ce qui se passe. Un comportement d'enfant gâtée !

Libre à Lila de végéter dans leur hébergement en attente d'Hélène, de son côté pas question de se laisser plomber le moral. Elle est en Italie et le soleil est revenu. Elle emprunte la ruelle qui file à gauche en direction de la corniche, s'attarde devant une série de boutiques avant de tomber en arrêt devant une paire de sandales en cuir rouge. Si elle ne compte pas se les offrir, le prix affiché est exorbitant, elle va les essayer. Le vendeur lui fait penser à son neveu Nicolas, dont Hélène leur a annoncé le *coming out*. Même allure. Le froissement du papier de soie lorsque le jeune homme retire une sandale de la boîte la propulse des années en arrière, Bally, avenue de la Toison d'Or. Le magasin sent le cuir. Des miroirs partout. De la moquette au sol. Engoncée dans son manteau d'astrakan, sa tante montre à la vendeuse les mocassins dans la vitrine qu'elle souhaite faire essayer à Hélène. Pour ce qui est d'elle, sa tante lui a répondu vertement qu'elle n'avait pas besoin de nouvelles chaussures. Et pourtant si, sa semelle est trouée. Reléguée sur une banquette, elle observe avec envie sa cousine, elle se sent comme Cendrillon. Sa tante, se rappelle-t-elle, avait le don de les vexer, Lila et elle, tout en se faisant passer pour une personne généreuse. Hélène n'est pas responsable des bassesses de sa mère. Pas plus qu'elle et Lila des agissements de la leur. Il faudrait qu'elle le lui dise.

Son pied est à l'étroit dans la sandale, les lanières lui scient la cheville. Pas de regrets. Elle remercie le vendeur, sort de la boutique. À mesure qu'elle s'éloigne du centre, les commerces deviennent rares. Aux pensions et restaurants affichant leur menu du jour, succède un enchevêtrement de maisons basses adossées à la colline. Plus d'enseignes vantant piscine ou vue exceptionnelle, mais du linge aux balcons. Elle tente d'imaginer à quoi ressemblait Sant'Angelo avant qu'il devienne un lieu de vacances prisé. Angela Merkel y vient chaque année prendre les eaux, lui a-t-on dit.

Coup d'œil à sa montre. Elle presse le pas en direction de la gare routière, quand son regard est attiré par une silhouette. Mais non, elle ne rêve pas. Que fait Hélène ici ? Sa cousine se dirige vers un établissement, bar ou café… Happée par le rideau de plastique multicolore, elle disparaît de sa vue. Violette hésite.

La rejoindre ? Le ronron d'un moteur la rappelle à l'ordre. Son bus va partir.

L'engin crapahute sur la route en lacets. À bord, une nuée de femmes s'interpellent, discutent, rient. Des ménagères, à voir leur cabas. Agrippée à une main courante, Violette tente de rester d'aplomb. Qu'allait faire Hélène dans ce boui-boui ? Aussi loin qu'elle s'en souvienne, sa relation avec Hélène n'a jamais été simple. Adolescentes déjà, elles étaient sur deux planètes. *Hélène la bûcheuse, Violette la fumeuse*. Sa première cigarette, elle l'avait crapotée sur le parking du centre commercial derrière son école, elle devait avoir quatorze ans. Sa première vodka orange, cul sec, au même âge, sur le même parking. La grande vie, croyait-elle. Pas de compte à rendre à sa mère. Tout le contraire du régime auquel était soumis Hélène. Son père, c'était l'œil de Moscou. Fallait qu'Hélène file droit. Étudier, étudier, étudier. Et Hélène avait obéi, obéi, obéi… sans rechigner, sinon une fois.

C'était à la fin de l'été. Hélène pour qui la nage papillon et le dos crawlé n'avaient aucun secret – elle faisait partie d'un club de natation et s'entraînait plusieurs fois par semaine – avait décrété qu'elle renonçait à entreprendre des études universitaires. *Je veux devenir nageuse professionnelle.* Son père était devenu blême. *S'ébattre dans l'eau n'est pas un métier!* Hélène s'était levée. Et sans un mot ni un regard pour lui, elle avait quitté la pièce. Elle était restée cloîtrée dans sa chambre pendant trois jours. Sans toucher à la nourriture que sa mère, bravant l'interdit marital, déposait devant sa porte. Un mois plus tard, elle était inscrite à la faculté de droit. Que s'était-il passé dans la tête de sa cousine durant ces trois jours pour qu'au quatrième elle abdique ? A-t-elle gardé sa collection de médailles qui lui avait fait imaginer qu'un jour elle se retrouverait sur un podium aux J.O. ? A-t-elle jamais regretté d'avoir renoncé à son rêve ?

Une voyageuse lui fait signe de prendre sa place. Violette secoue la tête, non merci, elle n'est pas une vieille toupie, enfin pas encore, elle peut rester debout. Elle avait admiré Hélène d'avoir tenu tête à son père. Ça aussi, elle pourrait le lui dire, même si cela datait d'au moins trente-cinq ans. À moins que le rappel de ce souvenir ne mette de l'huile sur le feu ? Hélène aussi peut être imprévisible. Le couinement d'un klaxon la fait sursauter. Le bus frôle l'étal d'un épicier. Sur son passage, des gosses piaillent. Puis, de part et d'autre de la route, à perte de vue, des vignes.

Terminus. Forio. Elle descend du bus, suit la foule, remonte une ruelle bordée de boutiques, s'attarde devant quelques vitrines, admire d'anciennes façades, traverse une place animée, puis une autre. En vue d'une petite église blanche et trapue, bâtie sur un promontoire en surplomb de la mer, elle s'arrête. Autour d'elle sur l'esplanade, plus un touriste. Mais des nuées de mouettes. La *chiesa del Soccorso*, comme lui indique la plaque en cuivre sur sa façade, est dédiée aux marins disparus en mer. Elle pousse la porte, reconnaît l'odeur, un mélange d'encens et d'encaustique. Apercevant une femme agenouillée en prière sur un banc, elle repense à sa mère qui n'avait pas pu voir le cadavre de son mari, ses restes calcinés mêlés à ceux de dizaines d'autres. Comment avait-elle pu faire son deuil dans pareilles conditions ? Elles n'en avaient jamais parlé. Elle ne se rappelle pourtant pas une mère déprimée. Au contraire. Un souvenir lui revient. Sa mère et elle écoutent de la musique. Sa mère se lève, lui entoure la taille et les voilà qui dansent. Bien que veuve à trente ans, avec deux enfants sur les bras, elle prenait la vie du bon côté. À quoi cela tenait-il ? Une inscription dans les gènes ? Sa liaison avec Robert ? Son oncle, c'était peut-être leur chance, à Lila et elle. Plutôt qu'une mère désespérée, elles avaient eu une mère amoureuse, du moins les premières années, tant que leur oncle était resté dans le circuit. Ensuite, ça s'était compliqué. Elle se souvient du grincement de la porte d'entrée de leur appartement, le signe que leur mère sortait. Pour la soirée. Ou pour la nuit. Son ours auquel il manquait un œil, collé contre sa poitrine, elle tentait de se rassurer. Maman va revenir. Selon que, le lendemain, leur mère renversait ou non la moitié des corn-flakes sur la table, elle savait si une nouvelle tête allait bientôt pointer son nez. Elle revoit le visage émacié de George, la longue mèche de cheveux qui cachait mal sa calvitie. George fumait la pipe, son tabac sentait la réglisse. De René, le sculpteur, elle garde le souvenir des blagues qu'il racontait. Elle avait pleuré le jour où elle avait compris qu'elle ne le verrait plus et tempêté contre sa mère lorsqu'elle l'avait vue jeter ses affaires dans les poubelles. Il y avait aussi eu Christian. Lui et sa mère parlaient en anglais. Elle détestait ne pas comprendre. Des autres hommes qui avaient traversé la vie de sa mère, elle n'a rien retenu, sinon un cheveu sur la langue par-ci, une poignée de main molle par-là. Et chaque fois, Lila qui clamait *J'ai un nouveau Papa* devant leur mère qui s'esclaffait.

Son téléphone vibre. Un message de Lila. Où es-tu ?

13

Il y a foule sur la place de Sant'Angelo. Une noce. Moulée dans de la dentelle, la mariée est encerclée par une haie de demoiselles d'honneur, toutes vêtues de bleu. Des haut-parleurs diffusent *Like a virgin* de Madonna. Violette se faufile parmi les invités. Ceux-ci se distinguent des badauds par leurs tenues, hommes en costume, femmes rivalisant d'élégance, robes, talons, bijoux. Tous rient, discutent, cocktail en main. Disséminés parmi eux, les touristes en singlet font piètre figure.

Combien de temps durera ce mariage ? s'interroge-t-elle. Si Luc ne l'avait pas trompée, seraient-ils toujours ensemble ? Elle pense à Léa. Où est-elle en ce moment ? Au lycée ? À la maison ? Fait-il aussi chaud à Madrid qu'ici ? Comme chaque fois qu'elle pense à sa fille, sa poitrine se serre.

Elle sort son téléphone de son sac, se hisse sur la pointe des pieds, cherche le meilleur angle de vue pour une photo. Les mariés se tiennent par la taille. En arrière-plan, les bateaux. Soudain, elle se fige. L'homme aux cheveux blancs, à gauche de la mariée, on dirait son oncle ! La ressemblance est encore plus criante que sur la photo chez Paolo. Hélène va halluciner ! Elle brandit son téléphone au-dessus des têtes, déclenche la prise de vue puis, jouant des coudes, se faufile jusqu'à hauteur des mariés. Où est passé le type ? Elle scrute la foule. Elle n'a pas rêvé, pourtant. Elle fait apparaître la photo sur l'écran de son téléphone, zoome sur les visages, les passe en revue… pas trace du bonhomme.

Lorsqu'elle regagne la Casa Marinella, sa sœur est en conversation avec un inconnu. Plutôt beau gosse, constate-t-elle en les rejoignant. Sur la table, une carafe de jus d'orange.

– Je vous présente Violette, ma petite sœur.

– Encore un nom de fleur ! relève l'homme.

– Une des nombreuses fantaisies de notre mère qui se prénomme Daisy.

Violette fusille sa sœur du regard. Qu'a-t-elle besoin de raconter ça ?

– J'espère que vous profitez bien de vos vacances, poursuit l'homme.

– Nous ne sommes pas en vacances.

Violette est intervenue. Qui est ce type ? Elle l'a déjà vu quelque part. Où ?

– Ne me dites pas que vous êtes ici pour le travail.

– Disons que nous sommes ici, ma sœur, ma cousine et moi pour… nous retrouver.

Pas tout à fait faux. Encore faut-il qu'Hélène arrête de jouer à cache-cache.

– Il arrive qu'on se perde, puis qu'on se retrouve, ponctue l'homme avant de faire signe à Paolo, qui vient d'arriver avec des verres, de se joindre à eux.

– Où avez-vous appris le français ?

Ce type l'intrigue.

– Avec mon ami.

Les deux hommes rient. Se moquent-ils d'elles ? Le français de Paolo est rudimentaire alors que cet inconnu le parle parfaitement. Cette mascarade n'a pas l'air de déranger Lila. On dirait même qu'elle drague. Elle n'arrête pas de croiser et décroiser les jambes. Après tout, pourquoi pas ? Ça la change de son vieux mari. Violette n'écoute plus. Où donc a-t-elle déjà vu ce type ? Elle secoue sa tignasse rousse.

– Ça y est, j'ai trouvé ! Je vous ai rencontré dans les jardins de la Mortadelle.

Nouvel éclat de rire des deux hommes.

– *Mortella* ! précisent-ils d'une seule voix.

– Vous avez attiré mon attention sur une orchidée, poursuit Violette sans se laisser démonter, cette fois.

– Je m'en souviens, oui. Il s'agit d'une espèce rare. La…

– Décidément, nous restons dans les fleurs, interrompt Lila, acide.

En matière de séduction, sa sœur s'est toujours sentie à la traîne.

– Vous étiez en bonne compagnie ce jour-là. Votre mari ?

Le type aurait-il assisté à son altercation avec Dieter ? Elle se lève, prête à s'en aller et laisser champ libre à sa sœur. L'inconnu bondit de son siège.

– Je ne me suis pas présenté. Alessandro !

Dans sa chambre, Violette sort de son sac la boîte à thé achetée à Forio. Son motif à fleurs lui a rappelé le cerisier du Japon dans le jardin de son oncle, dont les pétales, lorsqu'elles tombaient, recouvraient le sol d'un tapis rose, une vision féérique. Ce souvenir, c'est sûr, a guidé son choix.

Avec une page de journal, elle confectionne un entonnoir. Ensuite, elle sort de la valise de Lila les cendres, les vraies. Un être humain se résume à peu de chose, songe-t-elle en observant la fine poussière grisâtre glisser hors du sachet et se déverser dans l'entonnoir. L'équivalent en volume d'une portion pour quatre personnes de riz *Uncle Ben's*. Sven ne supporte pas qu'elle cuise le riz dans des sachets pré-conditionnés. Se remémorer leurs disputes à ce propos lui fait oublier la gravité de ce qu'elle est occupée à faire. Elle secoue le sachet pour tenter de chasser un reste de cendres qui adhère au plastique, puis saisit sa brosse à dents et avec le manche de celle-ci parvient à ses fins. Pour ce qui est des cendres du barbecue qu'elle rajoute ensuite, elle ne fait pas tant de chichis, elle y va avec son doigt. L'opération terminée, elle secoue vigoureusement la boîte à thé.

– Tu te prépares un mojito ?

Lila vient d'entrer dans la chambre.

– Un cocktail de cendres, plutôt.

Elle éclate de rire et tend à sa sœur la boîte à thé.

– Oncle Robert ! Fin prêt pour le grand saut.

14

Devant l'insistance de sa sœur, Violette a fini par accepter la proposition d'Alessandro de les emmener à Ischia Ponte. Toujours plus excitant que de passer la soirée en tête à tête avec Lila qui se fait du mauvais sang pour Hélène, laquelle continue de jouer la fille de l'air.

La voiture grimpe sur la route en lacets. Alessandro prend les tournants à la corde, sans freiner. Lila, assise à ses côtés, s'agrippe à la main courante. Se rappelant comment en voiture avec leur oncle sur les routes ardennaises, sa sœur pouvait être prise de vomissements, Violette s'empresse d'abaisser la vitre de son côté. À plusieurs reprises, son regard croise dans le rétroviseur celui de leur chauffeur. Des yeux étonnamment clairs et qui la scrutent. À mesure qu'ils s'éloignent de la côte, les villages deviennent plus authentiques. Murs à la peinture écaillée, poules en liberté, carcasses de voitures… Elle détache sa ceinture, avance la tête entre les deux sièges avant.

– Tu es originaire d'Ischia ?

Elle a opté pour le tutoiement.

– De Sant'Angelo, oui. Nous allons traverser d'ici peu le village où est née ma mère.

Il accélère. Comme s'il devenait pressé de leur faire découvrir l'endroit.

– La maison existe encore, mais mes grands-parents sont décédés. Ma mère aussi. Et vous ?

– Nous ?

– Oui, parlez-moi de vous, de votre famille.

– Notre mère vit à Londres. Au moins je la vois, au mieux je me porte.

– Et notre père, intervient Lila, est décédé dans…

Violette lui assène un coup de coude. Pas question de la laisser raconter la mort de leur père. La pitié des gens, leurs regards compassés sur elles, pauvres orphelines, après *une telle tragédie*, non merci, elles ont donné.

– Tu travailles à la *Mortella* ? s'empresse-t-elle de demander pour faire diversion.

– Non. J'aime m'y promener. J'ai fait des études d'horticulture. Mais c'était dans une autre vie.

– Quel âge as-tu pour parler ainsi ?

– Quarante-sept ans.

Leur échange se poursuit. Alessandro est divorcé, sans enfants. Sa femme était française. Une touriste rencontrée sur l'île. Lui-même a vécu à Paris quelques années. Il n'a pas supporté le climat. Aujourd'hui, il vit à Rome. Il est ici en vacances, auprès de son père.

– Il y a un moment dans la vie où l'on devient le parent de ses parents, déclare-t-il.

– Un père gâteux ! s'exclame Violette.

Coup de coude de Lila, cette fois.

– Vio, comment tu parles !

– J'appelle un chat, un chat.

– Ne vous disputez pas ! intervient Alessandro. Je voulais juste dire que j'ai beaucoup reçu de mon père. Aujourd'hui, c'est à mon tour de prendre soin de lui.

– Nous n'avons pas eu cette chance.

– Mais nous avons eu un oncle qui s'est occupé de nous, tellement bien qu'il a sauté notre mère.

– Vio, ça suffit !

– Oh, t'es pas drôle !

Lila soupire.

– Notre famille n'est pas un modèle, conclut Violette. Lila et moi avons poussé comme de mauvaises herbes.

– Ma sœur est une ortie, elle pique.

Alessandro embraie.

– L'ortie stimule la croissance des autres plantes qui poussent dans son entourage et elle accroît leur résistance aux maladies. Le saviez-vous ?

– Je l'ai toujours dit, je suis utile.

Ils sont arrivés à destination. Garer la voiture n'est pas une mince affaire. Rares sont les places disponibles. Ischia Ponte n'a pas le charme tranquille de Sant'Angelo. Lila est ravie. Des boutiques à profusion ! Elle flashe sur un Borsalino en paille pour Jean-Philippe. Alessandro se prête aux essayages. Lila y va de ses commentaires. Trop ceci. Pas assez cela. L'ambiance est aux rires. Alessandro craque pour une casquette. Lila insiste pour la lui offrir.

En vue du château aragonais, flanqué sur un rocher relié à l'île par un pont de pierre, Violette tombe en arrêt. Sa construction date du Ve siècle avant J.-C., leur explique Alessandro. Jadis, il servait à contrôler les mouvements des flottes ennemies. Elle s'en sera mis plein les yeux, aujourd'hui.

– Merci aux états d'âme d'Hélène qui nous permettent de faire du tourisme, glisse-t-elle à l'oreille de Lila.

– Arrête tes sarcasmes ! Hélène va mal. Elle est à deux doigts de la dépression.

Violette hausse les épaules. Lila dramatise. Leur cousine n'est pas le genre à se retrouver en cure de sommeil. La dépression, elle sait de quoi il en retourne. Des mois que ça a duré après que Luc l'a quittée. Plus la force de sortir du lit. Plus faim. Plus envie de voir des gens. Plus d'horizon. Pas même le courage de se jeter par la fenêtre. La période la plus noire de son existence. Elle rejoint Lila, glisse un bras sous le sien, s'efforce de se concentrer sur les commentaires d'Alessandro.

Lorsque celui-ci les raccompagne enfin à leur hébergement, Lila l'embrasse, lui propose de revenir le lendemain.

– Tu feras la connaissance de notre cousine.

– Je ne vous promets rien. Ça ne dépend pas de moi.

Violette se contente d'un *Ciao*. Elle se serait passée de ce dîner interminable dans un restaurant perdu au milieu de la montagne. Mais Lila semblait s'amuser. Aussi, pour une fois, elle s'est tue.

Dans leur chambre, elle ne se retient plus.

– Débriefing, Lila. Tu en dis quoi ?

– Sympa. Pas con. J'aime bien ses mocassins et sa façon de…

– Stop, Lila ! Tu peux me dire ce qu'il en a à faire de deux vieilles comme nous ?

– Je te rappelle que Sven a dix ans de moins que toi.

Violette ne relève pas.

– Tu veux mon avis ? Passé les deux premières heures, son côté gendre idéal m'a trotté sur le haricot. Je m'occupe de mon vieux père et patati et patata. Voilà l'école secondaire que je fréquentais… Ce gars a quelque chose derrière la tête ! Il nous a offert le repas, payé les entrées pour la visite. Ça sent l'arnaque à plein nez. Je ne serais pas étonnée que demain il veuille nous vendre du time-sharing dans un immeuble avec piscine sur la côte amalfitaine.

Elle s'est souvenue d'un voyage au Maroc. Un village dans les montagnes. Invités dans une famille, Luc et elle buvaient le thé. Un liquide sirupeux accompagné de cornes de gazelles qui collaient au palais. Le cérémonial avait duré une heure avant qu'apparaissent des dizaines de tapis que leur hôte déroulait sur le sol, les uns à la suite des autres, vantant leurs qualités. Tissage traditionnel. Pure laine, la flamme d'un briquet faisant se consumer le fil comme preuve. Ils étaient sortis de là avec sous le bras, trois carpettes emballées dans des sacs ayant contenu de la farine de poisson. Leur chambre d'hôtel avait empesté l'urine, sans qu'ils comprennent tout de suite d'où provenait l'odeur. On ne l'y reprendra plus, s'était-elle promis après cette mésaventure.

– Ceci dit, concède-t-elle, d'accord avec toi, le château aragonais, ça valait le coup d'œil.

15

Violette se glisse hors du lit, enfile sa robe et, sur la pointe des pieds, surtout ne pas réveiller Lila, quitte la chambre. Décidée d'en finir avec la partie de cache-cache que leur joue Hélène, elle frappe à sa porte. Une fois. Deux fois. À tout hasard, elle actionne la poignée. La porte s'ouvre. Pas d'Hélène, mais la femme de ménage, écouteurs sur les oreilles, occupée à balayer. Elle aperçoit sur la table de nuit, preuve que sa cousine l'a lu, le message que Lila a glissé hier soir sous sa porte. *Je m'inquiète pour toi. Faut qu'on parle. Je t'embrasse très fort.*

Elle sort du bâtiment, contourne la piscine, adresse un signe de la main à la dame affublée d'un bonnet à fleurs qui y fait des longueurs et, Drago le dalmatien sur les talons, arrive sur la terrasse. Ici non plus, pas d'Hélène. Ornella ignore où elle peut se trouver, elle ne l'a pas croisée ce matin. Quand donc réussira-t-elle à coincer sa cousine pour lui dire son fait ? *Arrête de me tirer la gueule !* Ces enfantillages ont assez duré. Quand leur cousine ne se cloître pas dans sa chambre, elle disparaît.

Elle termine son café en scrutant la mer. Désolant de se trouver devant une vue aussi sublime – Capri se dessine dans le lointain – et de se prendre la tête pour des peccadilles ! Une coucherie, quand bien même elle concerne sa mère et son oncle, reste une coucherie. Elle laisse là les croissants et quitte la table. Pas faim.

La descente vers le village est abrupte, le sentier étroit. Lorsqu'elle arrive à hauteur de l'église, le marchand ambulant, dont les bijoux sont étalés sur un muret, l'interpelle.

– *For you* !

Il lui tend une paire de boucles d'oreilles assortie au collier supposé en corail qu'elle lui a acheté avant-hier. Bonne mémoire, le gars. Elle secoue la tête. Elle n'a pas d'argent sur elle. Elle est partie en coup de vent, sans son sac. Il insiste.

– *Life is short.*

Oui, la vie est courte. Elle lui rend son sourire. Le type est craquant. Tout de blanc vêtu, un collier d'ambre autour du cou, une dégaine à la Krishna. Et d'accord avec lui, elle n'a plus de temps à perdre. C'est leur cinquième jour à Ischia, après-demain elles s'en vont, et rien, absolument rien, n'est réglé. Qui lui dit qu'Hélène sera au port à cinq heures ? Et qui va faire quoi ? Elles ne vont quand même pas balancer à la flotte les cendres du tonton, ou ce qu'il en reste, sans un minimum de cérémonie… un texte, une chanson ! Incompréhensible, l'attitude d'Hélène. Il s'agit de son père ! Elle agite le bras, *bye bye,* poursuit son chemin. Au village, après avoir constaté que sa cousine n'est pas attablée à une terrasse, elle pousse vainement une tête à l'intérieur des boutiques.

– *Hello, dear* !

Dieter ! Avant qu'elle ait eu le temps de se remettre de sa surprise, il lui attrape le bras, il voudrait une explication. Il désire aussi s'excuser pour sa réaction impulsive. Il n'a pas l'air de lui en vouloir, il sourit. Elle hésite. Comment lui expliquer en deux minutes ce qui s'est passé dans sa tête pour qu'elle lui flanque une baffe ? Pas sûre elle-même d'y voir clair.

– *Another time… maybe.*

Elle lui colle un baiser sur la joue et le plante là. En d'autres circonstances, elle aurait été boire un verre avec lui, après tout le gars est sympa et elle n'a rien à lui reprocher.

Elle s'éloigne en vérifiant qu'il ne la file pas. Sur la corniche, elle prend la direction de la gare routière. Le boui-boui dans lequel elle a vu entrer sa cousine se situe un peu avant le parking, se rappelle-t-elle. Son estomac gargouille. Elle aurait dû avaler quelque chose. Elle dépasse une dernière boutique de souvenirs et arrive dans la partie moins touristique du village. Devant une porte bleue, surplombée d'un auvent, elle s'arrête. Était-ce ici ? Elle colle son nez à la vitre. Chaises retournées sur les tables, l'établissement est fermé. Une gitane s'est approchée d'elle, main tendue. La femme veut lui lire l'avenir. *Grazie, no.* Elle lui donne la monnaie qui traîne dans sa poche. Quelques maisons plus loin, un autre établissement. Cette fois, c'est le bon. Elle a reconnu le rideau à lamelles multicolores suspendu dans l'embrasure de la porte. Sans hésitation, elle entre.

Il lui faut quelques secondes avant de distinguer où elle a atterri. La pièce est sombre, carrée, de dimensions plutôt modestes. Contre le mur du fond se trouve un bar en rotin genre tropical derrière lequel sont suspendues, culs en l'air, une rangée de bouteilles. Des tables en bois verni brun foncé, aussi laides que les chaises qui les entourent, encombrent le reste de l'espace. Sur sa gauche, une étagère où des revues et une plante grasse prennent la poussière. Elle lève la tête et, reconnaissante pour le coulis d'air frais qu'il lui souffle dans le cou, suit le tournoiement asthmatique du ventilateur suspendu au plafond avant de poser son regard sur la fresque ornant l'entièreté du mur sur sa droite. Un paysage de collines verdoyantes au milieu duquel s'égayent des angelots dodus. Où est-elle tombée ? Pas le genre d'endroit où vient s'éclater la jeunesse napolitaine les week-ends! Les quelques clients attablés ne sont plus dans la fleur de l'âge. Bedaines, crânes chauves, ils tapent la carte. Des gars du coin. Que venait faire Hélène dans ce bouge? Elle se laisse tomber sur une chaise avec le sentiment de s'installer dans un décor de cinéma. Rien ici n'a dû changer en quarante ans. Comme si le temps s'était figé. Un haut-parleur crachote de la musique. Elle dresse l'oreille. Manquait plus que ça. *Chiquitita!* Abba, son groupe préféré lorsqu'elle était jeune.

Une femme, poitrine débordante, lui demande ce qu'elle désire boire. Commande passée pour un *caffé ristretto*, Violette ferme les yeux. La musique lui coule dans les veines, pour un peu elle se mettrait à danser quand soudain, *merde!* elle se souvient elle n'a pas de quoi payer son café. D'un bond, elle se lève, rejoint la serveuse derrière le bar, lui fait comprendre qu'elle a changé d'avis, elle ne va rien boire. Et tandis qu'elle retourne les poches de sa robe, les agite, regardez elles sont vides, elle reconnaît sur la photo, à côté de la machine à café, le sosie de son oncle. Une photo prise ici même, derrière ce bar en rotin. *C'est qui?* Elle pointe la photo. *Il capo*, répond la serveuse, en lui tendant son café. Elle secoue la tête, non, elle n'en veut pas de ce café, elle n'a pas de quoi le payer. Pas grave, lui fait comprendre la femme, *domani*. Elle acquiesce, même si elle n'aime pas être en dette, mais d'accord elle viendra le payer demain. Aura-t-elle alors une chance de croiser *il capo*? Elle aimerait bien le voir de ses yeux, ce patron de bistro qui lui fait penser à son oncle. Haussement d'épaules de la serveuse, elle est nouvelle dans le job.

Accoudée au bar, Violette sirote son *ristretto*. Sur le mur, d'autres photos du même individu en compagnie d'amis ou de clients. La plupart ont été prises ici, elle reconnaît le mobilier. Plus besoin de se creuser la cervelle, elle a compris ce qu'Hélène était venue faire dans ce bistro. Sa cousine avait dû croiser le bonhomme au village, le suivre jusqu'ici, s'installer à une table, boire un café, puis un autre, l'observer vaquer à ses occupations derrière le bar, se donner l'illusion que son père était toujours vivant. Tout s'éclaire. Hélène est en plein déni. À ses yeux, son père est éternel. Raison aussi pour laquelle elle ne montre aucun empressement à disperser ses cendres. Prolonger l'éternité. Son besoin de s'isoler relève de la même logique. Que personne, surtout, ne la fasse descendre de son nuage !

16

Ce fichu sentier grimpe, nom d'un chien, et elle n'a plus vingt ans. Violette reprend son souffle. En vue du portique de la Casa Marinella, elle s'arrête à nouveau. Encore quelques mètres et elle sera arrivée. Elle a hâte de partager avec Lila ce qu'elle a compris, la raison du comportement bizarre d'Hélène. Hâte aussi de confronter leur cousine. *Ton père est mort, Hélène, arrête de te faire des films.* Voilà ce qu'il faut lui dire. Elles ne seront pas trop de deux, Lila et elle, pour la faire redescendre sur terre.

Au pied de la volée d'escaliers qui mène à la terrasse, Ornella la hèle. Un message à lui transmettre : Lila s'est rendue, en compagnie d'une autre résidente, à un concert de piano qui se donne dans une villa des environs. S'ensuivent l'éloge du concertiste et l'étendue de son répertoire, Liszt, Chopin… Violette l'arrête. *Grazie, Ornella.* Où donc Lila a-t-elle la tête ? Il est 3 h. À 5 h, elles doivent être au port. À moins qu'entre-temps Hélène et Lila se soient vues, qu'elles aient discuté ? Elle repousse la mèche de cheveux qui s'évertue à lui retomber sur le front. Sa tête va éclater et la chaleur n'arrange rien.

Dans la chambre, pas le moindre message de Lila. Et Hélène reste introuvable. Et si… ? Elle se précipite sur la penderie, l'ouvre. Les cendres s'y trouvent. Ouf ! Faut qu'elle arrête, elle aussi, de se faire des films. Il vient de lui traverser l'esprit que Lila aurait très bien pu convaincre Hélène de disperser les cendres et dans la foulée passer à l'action, sans l'attendre. Elle referme l'armoire, sort sur la terrasse, allume une cigarette, l'écrase après trois bouffées, elle va devenir dingue. Et puis merde ! Elle sort de la pièce, traverse le couloir, descend les escaliers et arrivée devant la porte de la chambre de sa cousine, s'immobilise. Des voix lui parviennent. Hélène est donc là ! Marre de jouer au chat et à la souris, elle ouvre la porte, franc battant. Avant de tomber en arrêt. Qu'est-ce que vous foutez là ? Les mots restent coincés dans sa gorge. Elle n'est pas en train d'halluciner. Ce qu'elle voit, elle le voit. Elle l'a toujours pensé, ce type n'est pas net, elle l'a dit à Lila. Lila qui ne l'a pas crue. Comment Hélène le connaît-elle ? C'est quoi ce trip ? Les questions tournent dans sa tête, un tambour de machine à laver. Avant qu'elle arrive à faire un geste, émettre un son, Alessandro l'attrape par un bras, Hélène par l'autre.

– Viens !

Ils l'entraînent vers le lit sur lequel ils étaient assis, la forcent à prendre place entre eux. Alessandro fourre à la va-vite des papiers dans une enveloppe. A-t-elle bien vu ? Elle lui arrache des mains une photo. Une photo d'elle et Lila ! En uniforme d'école. Jupe plissée et socquettes. Lila avec un chat dans les bras.

– C'est quoi ça ?

Elle agite la photo, la retourne. *Violette et Lila, Juin 1974*. L'écriture de son oncle ! Pas moyen de se tromper. Il n'y avait que lui pour calligraphier son prénom avec un V majuscule aussi tarabiscoté qu'une enluminure. Le temps a perdu ses contours. Elle n'est plus ici, mais là-bas, dans le jardin Avenue Lepoutre. Les pivoines, fierté de Tante So, sont en fleurs. Oncle Robert inaugure son nouvel appareil photographique, un Polaroïd. Un appareil magique. On pousse sur le bouton et, quelques secondes plus tard, le cliché sort du boîtier.

– C'est quoi ça ? répète-t-elle, en se tournant vers sa cousine, cette fois.

Hélène a les yeux rouges, on dirait qu'elle a pleuré. Que fait cette photo ici ? De quel droit Hélène l'a-t-elle emportée, ce n'est pas de sa vie qu'il s'agit, et pourquoi la montre-t-elle à ce type ? Violette s'empare de l'enveloppe qu'Alessandro tente de dissimuler derrière son dos. D'autres photos s'en échappent, jonchent bientôt le sol.

– Et ça ? Et ça ? Et ça ?

Elle pointe du doigt, là par terre, sa vie et celle de sa sœur qui s'étalent, tandis que dans sa tête les idées, les questions, les suppositions se bousculent. Un embrouillamini de voix lui parvient. Que lui veut-on ? Serait-elle en train de rêver ? Un cauchemar dont elle va se réveiller ? Ce visage contre le sien…

Elle se recule.

– Vioschka, tu m'entends ? Vioschka…

Vioschka… Elle n'a plus l'habitude qu'on l'appelle ainsi, une lubie d'Hélène du temps où elle lisait Tolstoï.

– Vioschka, écoute-moi…

Elle se plaque les mains sur les oreilles, ferme les yeux. Des lustres plus tard, elle tend une main tremblante, ramasse une photo, puis une autre, et une autre encore… Plus aucun son ne lui parvient, elle flotte dans l'ouate. Son doigt trace lentement le pourtour de la photo sur laquelle elle se voit coiffée d'un turban rouge. Oui, elle s'en souvient, de ce turban. Et de sa robe écossaise. Elle scrute une deuxième photo. Lila et elle en tenue de ski. Verte pour Lila, bleue pour elle. Dans leur dos, l'amorce d'un remonte-pente. Un séjour mémorable à la montagne ! Cadeau d'Oncle Robert pour ses dix-huit ans. Plutôt que prendre le train comme prévu, elles s'étaient rendues à Verbier en voiture, conduite par Olivier. Huit cents kilomètres à tout berzingue, de nuit. Tous les trois avaient dormi dans la même chambre. Son oncle n'en avait jamais rien su. Elle lève les yeux vers Hélène, les tourne vers Alessandro, revient à Hélène.

– C'est tout ? s'entend-elle dire d'une voix d'automate.

Alessandro lui tend une autre photo, en noir et blanc. Elle, sans Lila. Assise sur un muret. La maison devant laquelle elle pose ne lui rappelle rien. Au dos, *Mai 1968* et son prénom, toujours de la main de son oncle, lui confirment qu'elle avait quatre ans. Un an tout juste après la mort de Papa ! songe-t-elle. À cet âge-là, elle croyait encore à son retour et, pauvre idiote, mémorisait des comptines qu'elle lui réciterait. La photo est bien trop petite pour distinguer l'expression sur son visage. Est-elle aussi insouciante qu'elle en a l'air, jambes nues et cheveux au vent ?

– Tu es mignonne là-dessus.

La remarque vient d'Alessandro.

– De quoi tu te mêles ?

Elle se tourne vers Hélène. Sa cousine a le visage caché dans les mains.

– Tu peux me dire ce que ces photos font ici ? Qu'est-ce que tu manigances ?

Autant chanter Malbrouck ! Hélène reste prostrée. Violette explose.

– Fouteuse de merde !

Calme-toi, Violette ! intervient Alessandro. Si tu savais… comme c'est difficile pour ta cousine… et aussi pour moi.

– De quoi tu causes, bordel ?

Sa question reste en suspens. Alessandro s'est accroupi devant Hélène qui sanglote de plus belle. Il lui prend les mains, les garde serrées entre les siennes, tandis qu'il lui murmure :

– Ça va aller, tu vas y arriver.

Arriver à quoi ? Violette nage dans le brouillard. Quel drame se joue, auquel elle ne comprend rien ? Elle s'apprête à crier qu'elle en a assez de ce cirque, qu'elle veut une explication, quand Hélène sort de son mutisme.

– Désolée, Vio… je voulais… j'aurais aimé… t'épargner ça, mais…

Sa cousine s'interrompt, renifle, lui glisse un bras dans le dos, l'attire vers elle. Violette tente de se dégager. En vain. Les larmes d'Hélène lui coulent dans le cou. Tête rentrée dans les épaules, elle frémit. Un souvenir a surgi. Elles jouent à cache-cache. Tapies derrière un rideau, sans plus bouger ni respirer, elles restent collées l'une à l'autre – et ça dure et ça pourrait durer une éternité tant est douce cette connivence – tandis que Lila les cherche à travers la maison en criant à tue-tête *vous êtes où ?*

Hélène a relâché son étreinte. Ses yeux la sondent.

– Pardon ma Vioshka, je dois te le dire… plus le choix.

– …

– Jacques… enfin… ton père… il est en vie.

Le plafond de la chambre s'est mis à tourner, le sol à se dérober. Coupure de courant. Nuit noire. Violette a basculé. Un puits. Happée vers le fond. Parois luisantes. Crapauds. Rats. Elle grelotte. Ne voit plus, n'entend plus, ne sent plus. Est-elle encore vivante ? Ou déjà morte ? Des bribes de phrases finissent par lui parvenir. *Profité de l'incendie, refaire sa vie, un bar…* une voix familière, une voix comme un cordage à laquelle elle s'accroche pour se hisser hors de ce trou. À mesure que ses yeux s'habituent à la lumière, se dessine dans son cerveau une silhouette, floue d'abord puis plus distincte, celle de l'homme entr'aperçu, le patron du bar dans lequel elle est entrée, le sosie de son oncle. Son cœur cogne jusque dans ses tempes tandis qu'elle termine d'assembler les pièces du puzzle, à la vitesse de l'éclair à présent. D'un bond, elle se lève.

– J'y vais.

Deux bras l'immobilisent, la retiennent prisonnière.

– Attends !

Coups de coude, coups de pied, elle se libère. Allez vous faire foutre ! Cinquante-trois ans qu'elle attend ce moment, *Papa est parti en voyage, il va bientôt revenir*, elle n'a plus de temps à perdre. Elle est déjà dans le couloir, quand elle entend qu'on lui hurle : « Faut que tu saches… il a l'Alzheimer. »

17

Sensation de fraîcheur sur le front… elle ouvre les yeux. Pourquoi lui tapote-t-on le visage ? Où est-elle ?

– Ça va ? Tu ne t'es pas fait mal ?

Violette tourne la tête, lentement, à gauche, à droite. Que fait-elle allongée par terre ?

– Tu m'as flanqué une sacrée trouille. Encore heureux que j'aie eu le réflexe de te rattraper. Tu aurais pu te casser quelque chose.

Ça y est, ça lui revient. *Jacques, ton père… est en vie.* Elle referme les yeux. À l'intérieur, ça gronde, une machinerie diabolique, cœur, sang, artères, poumons, intestins, estomac… un vacarme de fin de règne. Elle s'efforce de rouvrir les yeux, de s'asseoir. On l'aide.

– Tu es tombée dans les pommes. Le choc !

– Le choc, répète-t-elle en même temps que surgit dans sa tête une silhouette.

Grand, cheveux blancs, cet homme c'est… n'importe qui… ou bien… ? Sa pensée s'arrête net, bloquée. Passage interdit. Elle croise les bras sur sa poitrine, s'enserre comme pour se bercer.

– J'ai froid, murmure-t-elle.

Lila a surgi dans la chambre.

– C'est ici que vous vous cachez ! Faut que… Elle s'interrompt, s'adresse à Alessandro qu'elle vient seulement d'apercevoir. Qu'est-ce que tu…

Celui-ci ne la laisse pas terminer sa phrase. Il se dirige vers la porte.

– Je vous laisse entre vous.

Installées sur la terrasse, face à la mer, les trois femmes se taisent. Elles ont rapproché leurs sièges de manière à se toucher. Ce qu'elles ont à se dire était bien trop grave. Il leur faut de la lumière, du soleil aussi, surtout pour Violette qui n'arrive toujours pas à se réchauffer, malgré la température qui frise les vingt-huit degrés. Elle pose les pieds sur le muret devant elle, fixe Capri à l'horizon.

– On commence par quoi ? s'enquiert Hélène, la voix chevrotante.

– Par le début, propose Lila en tortillant son mouchoir.

Violette saisit la main de sa sœur, la serre dans la sienne. Unies pour le meilleur comme pour le pire. Elle peine pourtant à croire que tout ça est vrai. Elle aimerait tellement être occupée à rêver. Un cauchemar comme un autre.

– Donc voilà…

Hélène s'éclaircit la voix, marque une pause, puis poursuit.

– Deux jours avant de mourir, Papa m'a parlé… des confidences. J'ai d'abord cru qu'il débloquait. Mais non. J'ai trouvé les preuves, les lettres.

– Quelles lettres ?

La nervosité de Lila est palpable. Quand Hélène lui a répété ce qu'elle venait d'annoncer à Violette, elle s'est effondrée en pleurs. Depuis, impossible de l'arrêter. Une fontaine.

– La première de votre père, datée de juin 1968, annonçait à Papa qu'il n'était pas mort un an auparavant dans l'incendie de l'Innovation. Il exigeait que ça reste secret. Personne ne devait savoir. Ni vous, ni votre mère. Dans ce même courrier, il demandait aussi à Papa son aide pour récupérer de l'argent sur un compte en Suisse.

– Un compte en Suisse ! s'exclame Lila.

– Tais-toi, la somme Violette. Laisse Hélène continuer.

De ce que j'ai compris, votre père était sur le point de se faire arrêter, ou du moins il le craignait. Il aurait détourné de l'argent. Plutôt que de risquer la prison et le déshonneur pour ses proches, c'est-à-dire vous et votre mère, il aurait préféré faire croire…

– … qu'il était mort, poursuit Violette. Sous-entends-tu que Papa était un…

Le mot reste bloqué dans sa gorge. Son père, un escroc ? Elle refuse d'y croire.

– … un type malhonnête, lance entre-temps Lila, en reniflant de plus belle.

– Je n'ai pas dit ça, s'insurge Hélène. J'essaie juste de vous relater ce que Papa m'a confié. Le feu qui faisait rage dans le grand magasin aurait été pour votre père une aubaine. J'imagine qu'il a dû prendre sa décision en quelques minutes.

– Maman a toujours dit que Papa était impulsif ! ponctue Violette.

Une impulsivité dont elle a hérité. Mais de là à…

– Il se serait alors rendu en Italie, à Naples, où à l'époque se procurer des papiers, changer de nom, était un jeu d'enfant.

– Et de Naples à Ischia… il y a le ferry.

Violette revoit l'imposant bateau sur lequel, loin d'imaginer ce qui les attendait, elles avaient effectué la traversée. Son père avait-il pu apprécier la beauté du paysage ? Sans doute non, il était un fuyard, un homme aux aguets.

– Combien de temps est-il resté à Naples ? s'enquiert-elle.

– Et le compte en Suisse ? interroge Lila à la même seconde.

– J'y arrive, reprend Hélène. C'était un compte numéroté. C'est mon père qui est allé chercher l'argent, se faisant passer pour son frère. Ils se ressemblaient tous les deux. Il paraît qu'on les prenait parfois pour des jumeaux.

Oncle Robert, modèle d'intégrité, se livrer à un faux en écriture, voilà qui la surprend ! Et la réjouit ! Les deux frères seraient à mettre dans le même sac ? Aussi retors et malhonnêtes l'un que l'autre.

– Quinze-quinze, ponctue Violette en guettant la réaction de sa cousine.

Adolescentes, elles s'affrontaient au tennis, des matchs serrés. Hélène ne relève pas.

– Tout ça, bien sûr, n'a été possible que parce qu'Internet n'existait pas.

– Et qu'a-t-il fait de cet argent ? s'enquiert Lila.

– Avec les lettres qui se trouvaient dans le bureau de Papa, il y avait aussi des talons de virements. J'en ai déduit que…

Violette éprouve soudain un haut-le-cœur. Elle interrompt sa cousine.

– Es-tu en train de nous dire que ton père n'était pas le type généreux qu'on croyait ? Que ce n'était pas avec SON fric qu'il nous entretenait, Maman, Lila et moi, mais avec celui de NOTRE père ?

– Tu oublies d'où venait cet argent ! rectifie Hélène.

– Et qui nous dit que ton père ne s'est pas servi au passage ? Prélèvement pour service rendu ?

Sa remarque a fait mouche, constate Violette en voyant la bouche d'Hélène se tordre.

– Ça me débecte, lâche-t-elle en saisissant le bras de Lila qui s'est remise à sangloter.

Une chose la trouble, toutefois. Sa mère n'a jamais évoqué la moindre poursuite judiciaire, même post-mortem.

– Moi aussi, ça me dégoûte, concède Hélène après un silence interminable. Apprendre ce qui s'était passé, ce secret dont mon père s'était rendu complice m'avait déjà suffisamment choquée. Comment un père en arrive-t-il à abandonner ses enfants ? Sa femme, on peut le comprendre. Mais ses enfants ? C'est monstrueux. Désolée, je parle de vous, de votre vie, mais il s'agit aussi de ma vie. Ces saloperies, je n'en peux plus. Trop lourd pour moi toute seule. Tandis que Papa me parlait, ses heures étaient comptées, il respirait avec difficulté, moi j'étais obnubilée par une question : est-il un héros ou un lâche ? J'imaginais qu'en signant ce pacte avec son frère, il pensait vous rendre service. Dans sa logique, mieux valait un père mort qu'un père derrière les barreaux.

– Tu oublies une chose, fait remarquer Lila en s'épongeant les paupières.

– J'y arrive. Et c'est là où cette histoire prend une autre tournure, lâche Hélène.

Son menton tremble. Deux rides lui barrent le front. Elle a pris dix ans d'âge.

– Une sale tournure, rectifie Violette. À la même époque, ton père était aussi l'amant de Maman ! Surtout, reste où tu es, frérot, je m'occupe de ta femme et de tes gosses, fais-moi confiance. Trente-quinze !

– Vio, arrête ! intervient Lila, avant de se moucher.

– Laisse-la dire, la reprend Hélène. Ta sœur a raison. Jusqu'à l'autre soir, j'ignorais que Papa et votre mère... Je n'en dors plus. Pas tant pour la coucherie. Mais pour ce qu'elle implique. Je vois mon père autrement, à présent. Ni héros ni lâche. Mais veule. Intéressé. Un jour, il y a de ça longtemps, il m'a raconté que plus jeune il avait monté son business, une affaire d'import-export avec un pays asiatique, je ne sais plus lequel. Et cela grâce à du capital qui lui était tombé du ciel. Voilà. C'est dit. Et je n'en suis pas fière.

– Hélène, tu n'en peux rien ! s'insurge Lila. Tu n'es pas responsable des agissements de ton père.

– Ni nous de ceux de notre père, embraie Violette. Je lui casserais bien la gueule, à cet enfoiré.

Mais à quoi bon ? pense-t-elle, s'il ne se rappelle de rien. C'est moi qui risque de me casser les dents.

– Pause, suggère Hélène. J'ai besoin d'une cigarette.

– Tu t'es remise à fumer, toi aussi ? s'étonne Lila.

18

Dos contre un mur ensoleillé, histoire d'en capter la chaleur, Violette tente de mettre de l'ordre dans son esprit. Papa nous a abandonnées ! scande-t-elle après chaque bouffée de cigarette. Comment a-t-il pu ? Ne comptaient-elles pas à ses yeux ? Elles, ses filles ? Daisy, sa femme ? Une famille de dingues, elle est née dans une famille de dingues ! Et la plus dingue, ce n'est pas elle. Ni sa mère, aussi *outrageous* qu'elle soit. Il avait eu beau jeu, ce salopard de Robert, le jour où elle s'était retrouvée en psychiatrie pour une cure de sommeil suite à son divorce, de lui balancer, mine de rien, ton doucereux, presque compatissant, *attention ma petite, ne deviens pas comme ta mère, psychiquement fragile. Crazy Daisy*, comme il se permettait de l'appeler. Plutôt que regarder de son côté. Robert Lepage, Jacques Lepage. Deux frères. Deux tarés. Une lignée de tarés. Leur père, Oscar Lepage, ne s'était-il pas suicidé ? Le bruit en avait couru. Sa Peugeot contre un platane. Route dégagée. Temps sec. Inexplicable ! Si ce n'était une perte d'argent aux courses, une somme colossale, avait-elle entendu dire lors d'un repas de Noël. Servi par son oncle, le Clos Vougeot réservé aux grandes occasions avait délié la langue de son épouse. *Solange, contentez-vous de tricoter*, lui avait-il asséné. Pauvre Tante So, avec ses jupes à ras des mollets et ses certitudes de bonne chrétienne, une vie de chien en définitive. Aveuglée par le soleil, Violette chausse ses lunettes. Pour la première fois de sa vie, sentir qu'elle tient de sa mère plutôt que de son père la réconforte. Elle aurait presque envie d'en rire, si ce n'est qu'elle n'en a pas le cœur. Sa mère,

Lila, elle, Hélène, Solange… toutes des victimes. Envie de hurler ! Rageuse, elle écrase sa cigarette dans un bac de géranium.

Elle rejoint Hélène et Lila sur la terrasse avec le sentiment de redescendre dans l'arène. Tant de points encore à élucider. Comment tenir le coup ? À trop jouer au yo-yo, l'élastique pourrait péter. *Papa, Papa*, elle s'était vue se jeter dans ses bras, l'embrasser, le serrer, pleurer, rire, lui dire qu'elle l'aimait malgré… minable, pauvre type, tu nous as abandonnées. Crève !

– Ça va, Vio ? l'interpelle Hélène.

– Comme vous, je suppose. Sonnée. Tu as parlé d'une deuxième lettre…

– Oui. Votre père demande au mien de lui envoyer des photos. Des photos de vous…

– Celles de tout à l'heure…

Violette n'arrive pas à terminer sa phrase. Une boule dans la gorge.

– Oui, concède Hélène en leur prenant la main.

Battement des cœurs jusque dans les extrémités des doigts. Dans la tête de Violette surgit une pensée. Une pensée folle. Et si… Elle ferme les yeux. Non, elle se trompe, ce n'est pas possible. Mais quand même, oui, pourquoi pas ?…

– Alessandro ! lâche-t-elle, comme on jette une bouteille à la mer.

Mais bien sûr ! déduit-elle de la pression d'Hélène sur sa main. Abasourdie, elle se tourne vers Lila. Sa sœur a-t-elle compris ?

– Votre père a refait sa vie ici, résume Hélène. Il a eu un fils.

– Alessandro est… notre frère… ?

Hochement de tête, accompagné d'un soupir.

Lila, de son côté, a viré cramoisi. Elle exulte.

– Un frère, nous avons un frère.

– Un demi-frère, tempère Violette, muée en statue de sel.

Rire ? Pleurer ? Se réjouir ? Tempêter ? Elle est perdue. Gamine, elle aurait rêvé d'avoir un frère, elle-même était un garçon manqué. Grimper aux arbres, jouer au foot… Lila ne voulait pas en entendre parler. Mais un frère, aujourd'hui ? Certainement pas de cette façon brutale. Comment arriver à l'accepter, l'aimer ? Et faut-il qu'elle l'accepte et qu'elle l'aime ? Lila en sera capable. Mais elle ? Pas sûr ! D'emblée, elle s'était méfiée de lui. Et pour cause. *Mon enfant, ma sœur, songe à la douceur… là, tout n'est qu'ordre et beauté, luxe, calme et volupté.* Les strophes de Baudelaire se répandent dans les méandres de son cerveau, un anxiolytique puissant, bien plus opérant que les molécules prescrites par son médecin dont, désormais, elle a décidé de se passer.

– Violette !

Secouée par Lila, elle revient à ce qui se passe ici. Cette situation irréelle. Son regard s'attarde quelques instants sur l'immensité de la mer.

– On perd un père et on gagne un frère… enfin, un demi-frère. Et où est-il passé, celui-là ?

– Avant qu'on fête ça avec lui, faudrait qu'on descende au port, fait remarquer Lila en pointant la montre à son poignet.

– Ah oui, les cendres !

Une préoccupation qui lui semble tellement loin, à présent. La boîte à thé dans le placard de sa chambre, c'était pourtant il y a une heure à peine. Les choses vont trop vite, beaucoup trop vite. La tête lui tourne. Et puis merde… pas question qu'elle mette un pied sur ce bateau. Respecter les dernières volontés d'un homme qui leur a manqué de respect ? Une bouffonnerie ! Elle s'apprête à l'annoncer à Hélène, et tant pis si elle la blesse, elle veut être conséquente avec elle-même, quand sa cousine, saisissant son portable, la devance.

– On oublie les cendres ! J'appelle Alessandro.

19

Il marche d'un pas hésitant, remarque Violette. Lui aussi doit avoir le cœur qui cogne. Il sait que nous savons. Mais lui, depuis quand sait-il ? Depuis toujours ? Depuis leur arrivée à Ischia ? Sans doute pas un hasard qu'il se soit pointé ici l'autre jour. Comment les choses s'étaient-elles emmanchées ? Autant de questions qui tournent tandis qu'Alessandro s'avance sur la terrasse. Sans le lâcher des yeux, elle saisit la main de Lila.

– Flippant, murmure-t-elle.

Lila non plus n'en mène pas large, elle tremble, un tremblement communicatif. Debout l'une à côté de l'autre, droites comme des i, ne donnent-elles pas l'impression d'être au garde-à-vous ? Violette tente de respirer calmement, profondément, de sourire même… sans y arriver. Elle repense à la première impression, désagréable, qu'Alessandro lui a faite. Quelqu'un qui leur cachait quelque chose. Elle avait vu juste. Si ce n'est qu'il ne s'agissait pas de leur vendre du time-sharing. Si seulement Hélène était là pour détendre l'atmosphère ! Dire quelque chose de léger, de drôle, une formule qui aiderait à rompre la glace… Mais non, leur cousine a préféré s'éclipser. Par délicatesse ? Par esquive ? *Oubliez les cendres !* Qu'a-t-elle voulu dire ? Aucune explication. Incompréhensible ! Aussi peu glorieux qu'ait pu être le comportement de son père, il n'en reste pas moins son père.

N'y tenant plus, Violette lâche la main de Lila et s'élance. La seconde d'après, Alessandro l'étreint, sa joue contre la sienne, une odeur d'herbe coupée. Les bras d'Alessandro s'ouvrent une nouvelle fois, accueillent Lila. Ils sont trois, à se serrer, à pleurer, à rire, à ne plus jamais se quitter, pense Violette qui ne peut s'empêcher de trouver un peu bébête ce cocon de tendresse, tellement inattendu, tellement doux.

– On partage le même père, murmure Lila.

Ne serait-il pas plus juste de dire qu'Alessandro leur a *pris* leur père ? songe Violette. Elle se recule, brisant le cercle d'intimité qui s'est créé et scrute le visage d'Alessandro à la recherche d'un indice, même ténu, point de beauté, ride, fossette… qui lui confirmerait que tout du moins ils partagent certains gènes. Mais rien. Pas la moindre ressemblance. Ni avec elle, ni avec Lila. Peau mate, longs cils noirs… Alessandro est un homme du Sud. Un test ADN y changerait-il quelque chose ? Leur père les a rayées de sa vie. Point. C'est de ça qu'il s'agit.

– Parle-nous de lui, Alessandro, finit-elle par demander.

Lila embraie.

– Oui, quel genre d'homme était-il ? Et savais-tu que nous existions ?

– Asseyons-nous.

Alessandro leur désigne des sièges sous un bougainvillier.

Le transat de Lila a cédé sous son poids. La voilà par terre, riant nerveusement, plus de peur que de mal, agitant les bras pour qu'on l'aide. Alessandro lui saisit le poignet, la remet debout, court à l'autre bout de la terrasse, revient avec un autre transat, la toile de celui-là est en bon état, il a vérifié. Sur ces entrefaites, Ornella a surgi et se confond en excuses. Le matériel n'est plus de première jeunesse. Que peut-elle leur offrir à boire ? Un jus ? un café ?

– Une bouteille de Prosecco, suggère Alessandro.

Et il ajoute aussitôt, un tressaillement dans la voix :

– Enfin, si vous trouvez que ça vaut la peine de fêter ça.

À peine Ornella repartie, Alessandro se lance.

– Je savais par ma mère qu'avant de la connaître mon père avait eu une vie, que celle-ci s'était déroulée en Belgique, qu'il avait même eu des enfants là-bas, mais qu'il n'avait plus de contact avec eux. Pourquoi ? Ma mère est toujours restée très évasive. Elle n'en savait pas plus, m'a-t-elle toujours prétendu en m'interdisant d'aborder le sujet avec mon père. Avec le recul, je crois qu'elle ne voulait pas savoir. Elle cherchait à mener une existence tranquille. Les photos, je ne les ai découvertes qu'après son décès, lorsque mon père a déménagé, que j'ai dû lui donner un coup de main. Qui étaient ces deux filles sur les photos que j'avais trouvées dans une boîte à chaussures ? À la tête qu'il a tirée, j'ai compris que je ne devais pas insister. Je me suis souvenu de ce que m'avait raconté ma mère et en ai déduit qu'il s'agissait de vous deux. L'enveloppe venait de Belgique. Depuis ce jour-là, je me sens… comment dire… coupable… mais aussi curieux. J'avais deux sœurs, bien réelles, elles avaient un visage, un prénom et j'ignorais où elles habitaient, si elles étaient heureuses, si je m'entendrais avec elles.

Il sort de sa poche un bout de papier, sur lequel est griffonné *Violette et Lila – Casa Marinella*. L'écriture est celle d'Hélène.

– D'où tu tiens ça ?

– Votre cousine est venue au café interpeller mon père, lui dire que vous étiez à Sant' Angelo. Elle ignorait qu'il était atteint d'Alzheimer, qu'il ne pouvait pas comprendre. Le lendemain, elle est revenue dans l'idée de lui forcer la main. Comme il était absent, elle a donné ce billet avec vos prénoms à la serveuse en lui demandant de le lui remettre. Elle espérait, m'a-t-elle dit, le faire enfin régir. Ce billet, la serveuse me l'a remis et aussitôt j'ai fait le lien avec les prénoms au dos des photos. Vous connaissez la suite, je suis monté à la Casa Marinella et devant Paolo, j'ai fait mine de venir boire un verre. Je DEVAIS vous parler.

Violette tourne et retourne le billet froissé. Elle a le sentiment de se trouver à bord du Titanic. Le paquebot vient de heurter l'iceberg. C'est toute sa vie qui prend l'eau. Toute sa vie qu'elle revisite, son chagrin d'avoir perdu son père, sa peur bleue du feu, son manque de confiance dans les hommes. À quoi se retenir ? Elle est en train de couler. Ne lui parviennent plus que des bribes de phrases.

– … transmis l'amour des plantes… difficile de le voir vieillir… son obstination… le sortir de cette ornière… on ne fait pas le bonheur des autres…

Tirée de son hébétude par Lila qui lui agrippe la main, elle se lève. Les deux sœurs suivent Alessandro jusqu'à l'extrémité de la terrasse, en surplomb de la ruelle qui mène au village.

– C'était là que nous habitions.

Il leur désigne, au-delà d'une toiture en terrasse, une porte en bois ouvragé enclavée dans un mur aveugle. À gauche de la porte, en carreaux de céramique, une Vierge à l'enfant, comme on en voit partout sur l'île. Violette se hisse sur la pointe des pieds, tente d'apercevoir le jardin derrière le mur.

– Une ancienne bâtisse que mon père a restaurée de ses mains, explique-t-il. Maçonnerie, carrelage, peinture… il pouvait tout faire.

Sa fierté est palpable. Pour un peu, elle lui dirait merci de restaurer, ne fût-ce qu'un peu, l'image de son père. Elle ne se fait pas au portrait d'homme vénal qu'a dressé Hélène. Il n'en reste pas moins qu'il les a abandonnées. Rien dans l'éducation de son père ne l'avait préparé à manier la truelle et le pinceau. Autodidacte, donc. Comme elle. Un jour, elle s'est acheté une machine à coudre, du fil, des épingles, des ciseaux… et s'y est mise. Aujourd'hui, ses pièces customisées sont en vitrine rue Antoine Dansaert.

– À la mort de ma mère, poursuit Alessandro, mon père a vendu la maison, c'était trop grand pour lui seul. Moi, j'avais déjà quitté le nid.

Elle déglutit. Le nid ! Sait-elle seulement ce que ça veut dire ? L'aurait-elle su qu'elle ne se serait pas sauvée avec cet enfoiré d'Olivier quand elle avait vingt ans !

– Et vous… votre maison d'enfance ?

Se rend-il compte de ce qu'il leur demande ? Elle cherche à capter le regard de sa sœur. En vain, les yeux de Lila sont rivés sur leur interlocuteur. Violette soupire. Avec la disparition de leur père, c'était toute leur enfance qui s'était envolée. Leur monde, en une fois, s'était écroulé. Un château de cartes. De ce monde-là, elle n'a gardé que le très vague souvenir d'une mare dans un jardin de rhododendrons mauves. De sa chambre, de la couleur des rideaux, du lit dans lequel elle dormait, de ses jouets, du salon ou même de la cuisine… elle ne se rappelle pas. Et il n'existe aucune photo prise à l'intérieur de cette maison qui lui aurait permis de se reconstituer un passé, du moins son décor. La maison a été rasée. À sa place, un immeuble.

– Nous avons beaucoup déménagé, précise-t-elle.

Peu après l'incendie, alors qu'elle se morfondait – *quand est-ce que mon papa revient de voyage ?* –, sa mère, Lila et elle ont quitté cette maison pour s'installer dans un appartement. À deux pas de chez Hélène, qu'elles voyaient désormais tous les jours. Leur Oncle Robert aussi… Lila et elle y partageaient une chambre. Le tram, quand il passait dans la rue, faisait trembler le plancher. La voisine – comment s'appelait-elle encore ? – venait parfois les garder. Elle aimait bien cette femme qui leur lisait les aventures de Babar. D'autres déménagements ont suivi. Au gré de la vie amoureuse en dents de scie de leur mère.

– Chaque fois, c'était un arrachement, intervient Lila.

Violette serre la main de sa sœur. D'accord avec toi. Changer d'école. Perdre ses copains. En refaire d'autres… Autant d'épreuves, dans lesquelles elles ont été soudées, Lila dans son rôle de grande sœur protectrice, elle-même comme clown, accumulant les bêtises pour éviter de pleurer. Comme Alessandro les regarde, l'air contrit, Violette s'efforce de sourire.

– Je m'en suis remise.

Ou plutôt, elle a retenu la leçon. Et pas du premier coup. Il a fallu enfoncer le clou. Pour preuve, sa dépression à la suite de son divorce. Désormais, elle prend les devants, elle ne s'engage plus. Ou alors, pas entièrement. Un pied dedans, un pied dehors. Sa relation avec Sven, toujours par monts et par vaux, nickel.

– Buvons à ce qui nous arrive, propose Lila.

20

– Tu t'es foutue de notre gueule, oui. Tu as…

Violette s'interrompt, lève les yeux vers sa cousine. L'envie l'effleure de réduire en bouillie son visage à l'ovale si parfait. Ainsi, les cendres de son père, Hélène les a dispersées à Bruxelles, le lendemain de l'incinération. Ni vu ni connu. Ce qu'elle et Lila ont trimballé à l'aéroport, la peur au ventre de se faire pincer, était en réalité des cendres provenant du feu ouvert de leur cousine ! Quel scénario de merde ! Comme si ce n'était pas suffisant de découvrir que leur père est vivant ! Tremblante de rage, elle se tourne vers Lila. Sa sœur semble sonnée. Le cou rentré dans les épaules, elle regarde ses orteils.

– Ce n'est pas ce que j'ai voulu, implore Hélène, en se triturant les mains. Vous n'imaginez pas ce par quoi je suis passée, moi aussi.

– Oh ! je peux imaginer. Toutes les couleurs de l'arc-en-ciel, s'exclame Violette, en éclatant de rire tant la situation lui paraît loufoque.

Elle se revoit fouiller dans les poubelles, transvaser les cendres du barbecue dans la boîte à thé, se remémore les messes basses avec Lila, *faut surtout pas qu'Hélène soit au courant…*

– Tel est pris qui croyait prendre, lâche-t-elle avant de se remettre à rire de plus belle.

– Je ne te suis pas, s'insurge Hélène. Il n'y a rien de drôle !

Sortie de sa torpeur, Lila monte au créneau.

– C'est-à-dire que…

Violette la coupe dans son élan, se tourne vers leur cousine.

– Pourquoi nous avoir raconté des salades, Hélène ? On a droit à une explication.

Hélène a le visage en feu. Ses yeux brillent. Elle regarde Lila, puis Violette, l'air perdu. Plus rien de sa superbe. Même sa robe est chiffonnée.

– Si Papa a effectivement demandé à être incinéré, il n'a par contre jamais mentionné le moindre souhait quant à l'endroit où disperser ses cendres. J'ai pris sur moi de le faire en forêt de Soignes, dans une clairière baignée de soleil, une cérémonie intime, juste lui et moi.

Hélène suit des yeux l'oiseau venu se poser sur une branche. D'un geste las, elle replace une mèche de cheveux derrière son oreille.

– J'ai récité un poème d'Aragon qu'il affectionnait. *C'est une chose étrange à la fin que le monde / Un jour je m'en irai sans en avoir tout dit…* Sa voix tremble. La suite parle de la vie qui continue. Ensuite, j'ai dévissé le couvercle de l'urne. Papa aimait trop le vent, l'air, la lumière pour se laisser enfermer dans un columbarium comme le voulait ma mère. Aussi, à elle, je n'ai rien raconté de tout ça.

– Mon Dieu, Hélène, quel courage ! murmure Lila.

Hélène acquiesce avant de poursuivre.

– Ce n'est que le lendemain que j'ai eu l'idée de prétendre que Papa avait demandé que ses cendres soient dispersées à Ischia en votre présence. Je tenais là le moyen de vous amener ici sans que vous ne vous doutiez de rien.

– Et on a mordu à l'hameçon ! ironise Violette, en allumant une cigarette.

– À partir de ce moment-là, je me suis mise à douter. J'avais le sentiment d'avoir agi dans la précipitation. Les questions m'assaillaient. Ces retrouvailles étaient-elles une bonne idée ? Ne risquaient-elles pas de vous confronter une deuxième fois aux affres du rejet et de l'abandon ? N'aviez-vous pas déjà suffisamment souffert ? Je me sentais responsable. Doublement responsable. Vis-à-vis de vous, j'étais détentrice d'un secret qui vous concernait. Et vis-à-vis de mon père, à cause de la promesse que je lui avais faite de vous révéler la vérité. Je n'en dormais plus. Je me demandais si tout cela avait du sens. Je pouvais tout aussi bien décider de ne rien vous dire. Une façon de vous protéger. Peut-être ? Ou pas ? Mais en avais-je le droit ? N'allais-je pas à mon tour me ronger de culpabilité, comme sans doute mon père, ce qui l'a poussé, j'imagine, à me parler sur son lit de mort ? J'ai tourné le problème dans tous les sens. C'était lourd. Ma mère n'était pas au courant. Ni la vôtre. J'étais dans le brouillard. Et seule. L'unique certitude : impossible de faire marche arrière. Vio, tu avais déjà acheté les billets d'avion.

Violette acquiesce, se rappelant s'être fait sonner les cloches par Lila, à cause du low cost, *pas le genre d'Hélène*.

– Je me suis promis d'y aller piano, continue Hélène. Je voulais d'abord juger par moi-même. Rencontrer votre père, lui parler. Voir ce qu'il était devenu. Vous connaissez la suite…

Leur cousine semble épuisée. Violette pour autant ne la lâche pas.

– Oui et non. Tu comptais nous dire la vérité… vu qu'il n'a plus toute sa tête ? Hier lorsque j'ai fait irruption dans la chambre et que tu t'y trouvais avec Alessandro, tu n'avais pas l'air ravie de me voir. Je me trompe ?

– C'est exact. J'étais moi-même tellement chamboulée, révoltée. En même temps que je découvrais vos photos, je réalisais l'ampleur du rôle qu'avait joué mon père dans cette histoire… sordide.

– Tu veux dire que toi aussi tu es une victime? intervient Lila.

Pas sûr que leur cousine adhère à ce statut, songe Violette en la voyant hausser les épaules. Un silence s'est installé. Hélène serait-elle au bout de ce qu'elle avait à leur dire? Une chose est certaine, sa cousine ne se résume pas au personnage de la femme d'affaires, la battante, qu'elle s'est construit. Derrière ce paravent se cache une femme sensible, éprouvée elle aussi par la vie. Mon Dieu, me voilà occupée à faire de la psychologie de comptoir, songe-t-elle en écrasant son mégot.

– Mon père, j'ai fait une croix dessus. Je n'irai pas le voir.

Pas demain qu'elle arrêtera de fumer. Cette drogue, elle en besoin. Apaisement immédiat.

– Moi non plus, ajoute Lila.

– Ce qui importe aujourd'hui, c'est le cadeau qu'il nous laisse... notre frère!

21

Dans les bassins, ça grouille de monde. Les gens sont installés comme ils peuvent. Les uns sur un rocher, les autres immergés dans l'eau. En maillot, t-shirt, sous-vêtements… Sa robe, Violette l'a accrochée au grillage près des escaliers qui mènent à la crique. C'est Alessandro qui a eu l'idée de leur faire découvrir Sorgeto. Le sentier dégringolait en pente raide. À mi-chemin, malgré les marches, Lila s'est étalée. Heureusement, rien de foulé. Violette jette un coup d'œil inquiet à sa sœur étendue sur une chaise longue en compagnie d'Hélène. Celle-ci est-elle remise de ses émotions ? Elle se laisse descendre dans le bassin avec l'impression d'être un homard plongé dans une casserole d'eau bouillante. Au plus on se rapproche du rivage, au plus chaude est l'eau thermale, leur a expliqué Alessandro. Dans le bassin voisin, une *mamma* moulée dans un maillot zébré engueule un homme occupé à fumer une cigarette. Le ton monte. Plus loin, ça rit. En d'autres circonstances, elle savourerait ce spectacle fellinien. Mais elle ne sait plus où elle en est ni ce qu'elle veut. Rencontrer son père pour lui cracher sa hargne et tant pis s'il ne pige rien ? Y renoncer ? L'idée l'effleure de le jouer à pile ou face. De minute en minute, elle change d'avis et l'étau autour de sa gorge se resserre. Le temps est compté. Leur avion décolle en début de soirée. Après, il sera trop tard. Lila, à qui ce matin elle a fait part de ses tergiversations, ne veut rien entendre. *Pour moi, il était mort. Qu'il le reste !*

Son cauchemar de cette nuit a semé le doute. Elle hurlait sur son père, *je suis Violette, ta fille. Qu'est-ce que t'as à dire pour ta défense ? Bouge-toi ! Dis quelque chose !* Lui restait de marbre, il essuyait tranquillement des verres derrière son bar, des bouchons dans les oreilles. Sven l'avait alors roué de coups avant de le jeter au sol. Appelés par Hélène, deux flics avaient surgi en compagnie de Lila. Ils avaient emporté le cadavre de son père et l'avaient lancé dans un immense brasier que sa mère avait allumé. Des gens arrivaient de partout et se mettaient à danser joyeusement autour de ce feu. Elle aussi dansait.

Elle se décide à sortir de l'eau, sa place n'est pas ici. Elle rejoint Alessandro.

– Emmène-moi chez lui.

– À quoi ça te servirait ? Même moi, il ne me reconnaît pas.

Peu lui importe. Sa décision est prise. Lui dire qu'il est un salaud la soulagera. Au moins elle n'aura pas de regrets. Elle n'aura pas battu en retraite. N'aura pas fait preuve de lâcheté. Apprenant qu'il se faisait appeler Iago, Jacques en italien dialectal, elle a fait le rapprochement avec le traître du même nom dans Othello. Pas de hasard ! Elle plante ses yeux dans ceux de son frère.

Sandro, moi aussi j'ai des couilles !

Elle a devant les yeux un vieillard avachi dans un fauteuil. Peau parcheminée. Regard vide. Un vieillard qui n'en a plus pour longtemps à voir comment il respire. La ressemblance d'avec son frère Robert est frappante. Le ventre noué, elle reste à le regarder, à sentir dans sa poitrine son cœur cogner. Elle détaille son pyjama, ses pieds nus dans des pantoufles dont l'une est trouée, la veine bleue qui court le long de sa cheville.

– Papa, c'est Violette, répète Alessandro, en se penchant vers lui.

Dans ses yeux, une lueur ! Comme un éclair au fond d'un puits. Un mélange d'impuissance et de peur. Il a compris, c'est certain. Elle reste muette. Dans sa gorge, à la place des mots, une boule. Elle se mord l'intérieur des joues pour ne pas éclater en sanglots, hantée soudain par l'image des tours de Manhattan s'effondrant. Elle saisit la main d'Alessandro.

– On s'en va.

Une fois dehors, elle réalise qu'elle n'a même pas entendu le son de sa voix. Tant mieux. S'il a réussi à lui faire pitié, pour autant elle ne lui pardonne pas.

22

Assise dans l'avion entre sa sœur et sa cousine, Violette songe à ce qui l'attend à Bruxelles. Elles allaient embarquer sur le ferry pour Naples quand elle a reçu un appel de Sven. *Je jette l'éponge, j'arrête avec tout ça, la Syrie, l'Irak, l'Afghanistan… trop d'horreurs. Je vais revendre mon matériel, rester près de toi, une vie normale, enfin… si tu es d'accord…* Comme avec son père, elle est restée sans voix et la communication s'est coupée. Jamais auparavant Sven ne lui avait avoué qu'elle lui manquait ! À l'hôtesse qui passe dans l'aile avec son chariot, elle demande du vin, besoin d'un remontant. Les adieux avec Alessandro à l'aéroport étaient bouleversants. Ils se sont tous les quatre serrés dans les bras, embrassés, promis de se créer un groupe WhatsApp, de se revoir bientôt. Elle a pleuré à chaudes larmes, ri l'instant d'après. Lila et Hélène de même. Alessandro, tout aussi ému, a demandé aux gens de les photographier avec son portable. Il voulait garder le souvenir de ce moment *historique*. Elle en a profité pour répéter à Hélène combien elle lui était reconnaissante. *Merci, merci. Sans toi…* Le flot des images qui défilent en boucle dans sa tête s'interrompt.

– Comment allons-nous annoncer tout ça à Maman ? demande Lila.

– Faudrait pas qu'elle en fasse un arrêt cardiaque, intervient Hélène. Et il y a aussi ma mère.

– Ça ne va pas arranger leur relation. Déjà qu'elles se détestent.

Violette lève son gobelet.

– Oh ! Drapeau blanc, les filles ! Trinquons d'abord !

Lila et Hélène ne se le font pas dire deux fois.

– Ce que nous venons de vivre, reprend Violette, c'est Dallas, ce putain de mauvais feuilleton qu'ado j'adorais regarder, vautrée dans le divan chez tes parents, Hélène.

Ces drames en cascade, il n'y en avait jamais assez. De semaine en semaine, ça se corsait. Jusqu'au meurtre, parfois. Se rappelant avec quelle impatience elle attendait d'allumer la TV, elle part d'un fou rire. Impossible de s'arrêter. Elle hoquette, avale de travers, tousse. Du vin se répand sur sa robe. Elle rit de plus belle d'autant qu'Hélène et Lila la fixent avec des yeux de poisson rouge.

– D'autres secrets encore à mettre sur la table ? demande-t-elle entre deux soubresauts.

Lila se tortille sur son siège, l'air gêné.

– Vas-y, l'encourage Violette. Lâche le morceau ! Qu'on en finisse !

– C'est que… vous n'allez pas me croire…

– Accouche !

– Je me suis fait mettre des implants aux fesses. Un lifting brésilien.

Violette, incrédule, fixe sa sœur.

– C'était donc ça, ton cul d'Africaine !

L'avion traverse un trou d'air, elles rattachent leur ceinture. Le calme revenu, Hélène se lance.

– Faut que je vous avoue aussi quelque chose. Aussi dingues que vous soyez, chacune dans votre genre, je vous ai toujours considérées comme mes sœurs.

Lila a la larme à l'œil. Violette termine son vin.

– Et moi… j'ai une nouvelle à vous annoncer.

Elle reprend sa respiration. Pas simple ce qui se dessine pour elle, mais elle veut essayer, faire confiance.

– Sven et moi allons vivre ensemble.

FIN

Du même auteur

- *Un échange risqué*, roman, Léchelle, éditions Zellige, col. Vents du Nord, 2013
- *My Brussel Beauty*, roman, Esneux, éditions Murmure des soirs, 2016
- *Un amour de psy*, roman, Bruxelles, M.E.O.Éditions, 2019

Achevé d'imprimer en septembre 2021
en Union Européenne
pour le compte des Éditions M.E.O.